y no pregunto,

afirmo

y no pregunto,

afirmo

Mónica de la O Callejo Cortés

Título: Y no pregunto, afirmo

Portada e ilustración: 2021, Óscar Moratilla

Corrección: 2021, Alba Santos Cea Correcciones

ISBN:9788418740886

"Me pregunto si las estrellas se iluminan

con el fin de que algún día,

cada uno pueda encontrar la suya"

(*El principito*, Antoine de Saint -Exupéry

A mis ratones...

Capítulo 1: De guardia

Era una noche de abril y yo estaba de guardia. Soy R4, es decir, residente de último año y hacerlas me viene bien para inflar un poco mi sueldo. Eran las dos de la mañana del sábado, la noche ya estaba pesando. Leía en la sala de descanso, cuando mi amiga y compañera Paula vino a avisarme.

—Espabila, Leo, tienes un paciente en el box tres, quítate las legañas porque vas a flipar, es Jorge Álvarez, el cantante.

—Ya no tiene gracia la bromita. ¿Y en el box dos?, ¿quién está? ¿Julio Iglesias? —le dije mosqueada.

En el ambiente sanitario, esto es una broma común cuando ingresa alguien con nombre y apellido de una persona popular, ya hemos atendido a muchas Marías Jiménez, Pablos López, José Luises Rodríguez «el Puma» y Martas Sánchez.

En las guardias nunca me suelo dormir, permanezco en un estado de duermevela, leo, escucho música o repaso informes pendientes. Ya me he acostumbrado y no me cuesta, eso sí, al día siguiente me convierto en una marmota. Por lo que, al recibir el aviso, me puse en alerta rápido.

—Venga, cuéntame algo del paciente mientras me lavo las manos y me preparo —le dije a Paula.

—El paciente estaba con un grupo de amigos en un hotel, comenzó a sentirse mal y al incorporarse se desmayó. Refiere que volvió en sí rápido, pero aún está un poco aturdido.

—*OK*, vamos a examinarlo y ya de paso que me cante algo. ¿Le has dicho que estuvimos en su último concierto? —dije guiñándole un ojo y ya de mejor humor.

Pero esa noche fue diferente, y la broma no lo era. Abrí la puerta del box y allí estaba: «¡Joder, era Jorge Álvarez de verdad!». Tragué saliva y muy profesional lo saludé. Imaginaros, conocer a un artista que admiras en persona en tu puesto de trabajo. Jorge estaba tendido en la camilla, junto a otro chico, que por la edad y el parecido físico deduje que era su hermano. Ciertamente estaba blanco y algo desmejorado, pero era él y seguía siendo tremendamente sexi aun mareado.

—Hola, buenas noches, soy la doctora Martínez, ¿qué tal está? Cuénteme qué le ha sucedido y cómo se encuentra ahora.

—Hola, es la primera vez que me pasa algo así. Estaba con un grupo de amigos y mi hermano reunidos en el hotel. Estaba tocando la guitarra y sentí el estómago revuelto. Entonces solté la guitarra, me incorporé y empecé a ver todo negro, a oír mal y... el resto lo tengo nublado, quizá mi hermano le pueda contar algo más, pues estaba conmigo.

Yo continué en pose profesional, respiré hondo y traté de concentrarme en lo que me relataba, pero no podía evitar ver al Jorge Álvarez cantante. Madre mía y es que este hombre me encanta, me sé todas sus canciones y he ido a un par de conciertos. No me lo podía creer, pero tenía que intentar que no se me notara, pues la profesión va por delante. Además, ponerme en actitud borde y seca es algo que no me cuesta, me sale natural. Muy seria, di paso a que su hermano continuara el resumen de lo acontecido.

—Como le hemos contado a la enfermera, se desplomó y se dio un pequeño golpe en la cabeza. Nos decía que no oía bien y sudaba mucho. La verdad es que reaccionó rápido y, aunque nos contestaba a las preguntas y recordaba todo, respondía como a cámara lenta. Entonces nos asustamos un poco y le trajimos a urgencias.

No pude evitar enternecerme al escucharlos, dos hombretones, sexis y aparentemente seguros de sí mismos y, ahora, mientras contaban lo sucedido, parecían dos niños pequeños después de hacer una trastada. Por lo que traté de calmarlos pese a mi actitud en un inicio fría y cortante.

—Lo primero, tranquilos, lo que describís se llama síncope vasovagal y nos ha ocurrido o nos ocurrirá a todos en alguna ocasión en la vida. En una persona joven y sana, no tiene por qué significar nada. Nos puede pasar por un golpe de calor, una sorpresa o incluso al ver sangre. Pero, ya que estáis aquí, vamos a hacer una exploración sencilla. Voy a realizarle unas preguntas de sus antecedentes, una analítica de sangre, un electro y una exploración neurológica por el golpe en la cabeza, ¿de acuerdo?

—Sí, pero tiene que entender que mi hermano... O sea que todo lo que pase aquí es confidencial, ¿no?

—Por supuesto, pero también necesito sinceridad en las respuestas para poder diagnosticarlo. Vamos a empezar. ¿Le ha sucedido esto antes?

—No, nunca. Es la primera vez que me pasa algo así.

—¿Estaba consumiendo alcohol o sustancias estupefacientes?

—Estaba tomando una copa, drogas no.

—¿Lo consume habitualmente?

—Alcohol en reuniones o estando de fiesta, no diariamente, drogas nunca. ¿Por qué la gente piensa que todos los artistas nos drogamos?

—Disculpe, no se ofenda, esa pregunta se la hago a todo el mundo, independientemente de su profesión.

—Perdone, yo tampoco quería ofenderla, siga con su trabajo.

—No pasa nada. ¿Sigue una dieta sana?, ¿hace deporte habitualmente?

—Como regular, la verdad. Casi siempre en ruta, a deshoras. Como ve, no tengo sobrepeso, tengo que dar gracias a mi genética, pero no como sano. Apenas tengo tiempo para practicar deporte. Llevo una vida un tanto «desordenada».

—Esto tiene que corregirlo, ahora es joven y aunque no tenga sobrepeso la mala alimentación puede afectar a los órganos de otras maneras. Continúo con las preguntas: ¿sigue algún tratamiento médico?, ¿estaba nervioso por algún motivo?...

Así seguimos unos minutos, le hice algunas preguntas más acerca de su salud, sus hábitos y sus antecedentes familiares, es decir, lo que llamamos en medicina anamnesis. Después pedí a Paula que entrara en el box y le extrajera sangre. Inmediatamente pedí al laboratorio varios perfiles incluido el de tóxicos, no por ser artista, sino porque la mayoría de la gente miente al médico en esta pregunta. Le pedí que se quitara la camiseta para hacerle un electro, creo que me dio más vergüenza a mí que a él, ya que rápido se desprendió de ella. En cambio, a mí me empezaron a sudar las manos mientras le ponía los electrodos. Aunque por mi semblante serio creo que disimulé bastante bien. Después finalicé mi revisión con una sencilla exploración neurológica y me despedí de ellos por unos minutos.

—Ahora les voy a dejar un rato solos, voy a esperar el resultado de la analítica, pero el resto está perfecto. El golpe en la cabeza es leve, le vamos a poner frío y una pomada antiinflamatoria y observen si se vuelve a marear, si tiene náuseas o vómitos.

—Muchas gracias, ha sido muy amable.

—De nada, es mi trabajo, esperen aquí y traten de tranquilizarse.

Volví a la sala de descanso, allí estaban mis compañeros como cacatúas, esperando que les contara detalles, pero no creí que fuera conveniente, todavía no había asimilado ni yo misma que había tocado y visto sin camiseta a Jorge.

—Madre mía, de cerca es más guapo aún y qué voz —dijo una de las enfermeras.

—Pues yo lo veo un tío normal, además flacucho y poca cosa —intervino un celador. Le llamamos Triple X, ya os imagináis, es encantador, pero todos los tíos le parecen poca cosa.

—Es muy agradable y un paciente más, no os puedo decir otra cosa —dije tratando de zanjar el tema.

Era una guardia tranquila así que en poco tiempo llegaron los resultados de la analítica. Todo bien, cero drogas, no mentía. Pasé al box para comunicárselo y darle el informe de alta.

—Como les dije, está todo bien. Por lo que me ha comentado sobre su ritmo de vida, desorden de horarios y comidas, etc. es posible que el motivo del síncope sea algo emocional, como por ejemplo el estrés.

—¿Y qué tengo que hacer?

—Yo le puedo recomendar seguir una alimentación y vida sana en general, pero me temo que esta área no es mi especialidad. Debería consultar con un psicólogo, le podría venir bien algo de *coaching* o *mindfulness*. Le voy a dar el informe de alta con unas recomendaciones a seguir al final.

Jorge lo cogió, lo ojeó y me miró por encima del informe:

—Veo que no se fio de mis palabras, doctora Leonor Martínez —siguió mirando el informe y prosiguió—, y me hizo una prueba de drogas.

—De nuevo, le pido que no se ofenda, tenemos que comprobarlo, al igual que usted nos dice que no tiene enfermedad cardiaca y le hacemos un electro. Además, hay muchos pacientes que no dicen toda la verdad, por vergüenza o por estar sus familiares delante. No he querido molestarlo.

—Perdóneme, yo tampoco quise ser borde con usted, por mi profesión me he vuelto desconfiado y suspicaz. Me he sentido estafado muchas veces. Cambiando de tema. ¿Le gusta mi música? Me gustaría como agradecimiento regalarle un par de entradas para el próximo concierto en Madrid.

—Sí, me gusta su música, pero no puedo aceptar regalos de pacientes. Es mi trabajo, no he hecho nada especial.

—Lo siento mucho, pero igualmente le estoy muy agradecido, la sanidad pública es maravillosa, son ustedes grandes profesionales.

En ese momento, interrumpió Paula:

—Leo, perdón, emm... doctora Martínez, ha entrado un tráfico, nos tenemos que ir...

—Ahora les tengo que dejar. Jorge, cuídese mucho.

Cuando nos avisan desde la ambulancia que traen a heridos de accidente de tráfico, las urgencias se ponen patas arriba, todos nos ponemos en alerta y dejamos el resto en un segundo plano. Paula y yo salimos corriendo y dejando a los dos hermanos recogiendo sus cosas en el box, eran casi las cuatro de la mañana.

—Jorge..., ¿qué te pasa?, ¿te encuentras mal otra vez?

—No, cavilando en lo que ha dicho la doctora. ¿Era maja verdad?

—Un poco seca *a priori*, pero te ha dicho verdades como puños y hablándote de usted, casi me entra la risa. Tío, tienes que cuidarte más y relajarte.

—Sí, creo que hay que darle una vuelta a eso del *coach* y de la relajación. Sé que te tengo a ti, pero a veces no te hago ni caso, donde hay confianza da asco, ¿verdad?

—Pues sí, porque lo de que estás más flaco, que no paras y que tienes que dormir más y comer mejor te lo he dicho mil veces. Por cierto, si estuvieras consumiendo drogas no me lo ocultarías, ¿no?

—¡Venga ya!, me conoces de sobra, ya sabes que solo soy de cervecitas y alguna copilla. ¡Joder!, es el puto disco, me ha chupado la sangre. Pero me voy a poner las pilas, te lo prometo. Me he dado un buen susto esta noche.

—Imagínate que ingresas antes de la gira, menuda publicidad negativa. Tenemos seis conciertos confirmados y son plazas muy importantes, no podemos fallar. Por cierto, eres un poco chulo por ir regalando entradas, además de un pelota. ¡Viva la sanidad pública!

—La verdad es que no sé por qué lo he hecho, pero he notado algo diferente en ella y me gustaría volver a verla. No se me ha ocurrido otra manera.

En cambio, Paula y yo, dado el nivel de estrés de esa noche, no tuvimos tiempo para comentar nada de lo sucedido. Salimos de la guardia arrastrándonos como personajes de *The Walking Dead* y, sin más, nos fuimos a casa.

Capítulo 2: Las entradas

No era un secreto que me gustaba la música de Jorge y antes de conocerlo en persona lo seguía en redes. En los días posteriores a su vista cotilleé su perfil de Instagram, pero no hizo ninguna mención de su visita a urgencias, chico listo, desde luego no era adecuado para su carrera. Me llamó la atención que subiera una frase de meditación y, si no se tratara de Jorge, un cantante de éxito nacional, hubiera pensado que le había calado mi discurso de vida saludable. En cambio, lo más seguro es que al azar lo escribiera su gestor de redes.

Lo que sí que me resultó raro es que Paula no sacara el tema, no dijo ni mu, como si Jorge no hubiera pasado por nuestras vidas. Y, precisamente Paula, no se caracteriza por sus silencios ni por su discreción.

El domingo lo pasé dormitando, del sillón a la cama, recuperándome de la noche del sábado para volver a la rutina del lunes.

El lunes estaba tomando un café rápido con mi responsable cuando llegaron repartiendo el correo. Habitualmente el correo que llega al hospital son convocatorias de formación, congresos o revistas médicas. Mi jefe lo revisó, se paró en un sobre y me dijo:

—Leo, este es para ti.

—¿Para mí? Yo no recibo correo en el hospital.

—Aquí pone «Doctora Leonor Martínez», eres tú, ¿no? Pues *ea* —dijo con su marcado acento jienense—. Ábrelo y me cuentas, seguramente será una carta de agradecimiento de un paciente. Hace tiempo que no recibimos ninguna, cuando nos llegan, las ponemos en el corcho para motivar al personal tapando el nombre del paciente.

Tomé el sobre y me extrañó que no tuviera sello, tan solo ponía mi nombre escrito a mano, con muy buena caligrafía, por cierto. Lo abrí extrañada y dentro encontré una nota manuscrita:

Estimada doctora Martínez:

Quiero agradecer el trato recibido por usted y su equipo durante mi estancia en urgencias. Fueron muy amables y profesionales. Supieron trasmitirme calma e hicieron que me sintiera cómodo desde el principio.

Gracias en especial a usted por su eficacia, su seriedad y su manera de trasmitir la información y los resultados.

Por eso quiero que acepte las entradas al concierto como agradecimiento, yo no sé hacer bizcochos ni croquetas, ni sé elegir flores como hacen otros pacientes. Por lo que mi agradecimiento tiene forma musical, como dice el gran maestro Alejandro Sanz: «No es que sea mi trabajo es que es mi idioma».

Dentro del sobre, encontrará dos entradas para usted y la enfermera que me atendió.

Un saludo,

Jorge Álvarez

Efectivamente en el sobre estaban las entradas, eran pases vip, como los que dan a la prensa. Le mostré todo el contenido del sobre a mi jefe.

—Bien, ¿y qué?

—No sé. ¿Qué le parece? Es la primera vez que un paciente me hace un regalo y no se deben aceptar regalos.

—¡Pero Leo! ¿Cuándo me vas a dejar de llamar de usted?

—Perdón, Fernando.

—Pues me parece que esto no es un regalo, no es un Rolex, ni un cheque. Como dice la carta, es un agradecimiento. Otros pacientes traen bombones, plantas, incluso una vez unas *pizzas* que nos alegraron la guardia. No seas estirada y ve al concierto. Yo porque no le sigo mucho, si no, me iría con vosotras. Podría haber sido Joaquín Sabina.

Solo pensé en Paula, menuda alegría se iba a llevar cuando se lo dijera. Era ese mismo viernes y librábamos el fin de semana por lo que no teníamos excusa para no ir. Era un planazo.

—¿Qué me estás contando? ¡Unas entradas para ir a ver a Jorge Álvarez! Parece un sueño, pero qué bien saco sangre hija, qué manos tengo... Vamos a ir, ¿no?

—Lo he consultado con mi jefe y no ve impedimento.

—Técnicamente ya no es tu paciente, le diste el alta y ahora estará en una clínica privada haciendo su seguimiento. Así que el viernes ponte guapa que nos vamos de concierto. —Paula empezó a oler las entradas y besarlas y, de repente, paró, las miró de nuevo y gritó—: ¡Hostias que son pases vip!

Paula, como ya dije antes, además de ser mi compañera, es mi gran amiga, mi hermana. Es mi ángel de la guarda. Nos conocimos en el instituto, Paula vivía con sus tíos dado que sus padres habían fallecido en un accidente de tráfico. Fue una historia muy trágica de la que apenas quiere hablar. Era verano, sus padres dejaron a Paula con sus abuelos en Vitoria porque tenían que trabajar. De camino a Madrid, se salieron de la carretera, su madre murió en el acto y su padre en la ambulancia, por ese motivo siempre quiso ser enfermera, pues su motivación era ayudar a los demás. Nunca la he visto triste, ni lamentarse por su mala suerte, al contrario, es muy abierta, comunicativa y siempre está de buen humor.

En el instituto yo era de las empollonas, era una niña tímida e introvertida. Siempre digo que ella me sacó de ese pozo y me puso en la vida social. Creo que le debo mucho por ello, pero ella siempre me dice que yo ya la he pagado con creces, pues le di a su segunda familia. Tras el fallecimiento de sus padres, Paula se trasladó a casa de sus tíos, que vivían en el mismo barrio donde antes vivía con sus padres y, aunque sus tíos le daban los cuidados principales, no rebosaban de oportunidades y tenían tres hijos más. Aunque querían a Paula, se evidenciaba que no era su hija.

Yo era hija única, y digo era porque, desde que Paula entró el primer día en casa para hacer un trabajo juntas, mis padres le cogieron tanto cariño que la adoptaron a nivel emocional. Desde ese día comenzó a pasar más tiempo en mi casa que en la de sus tíos. A diario volvíamos del instituto a mi casa, donde estudiamos, hacíamos los deberes y merendábamos. Los fines de semana, con la excusa de volver juntas, dormía en mi casa. En vacaciones, Paula veraneaba con nosotros salvo unos días que viajaba a Vitoria para estar con sus abuelos.

Mis padres celebraban sus cumpleaños en casa y recibía regalos como una más de la familia, de hecho, teníamos la misma mochila y ropa similar. Las Navidades las pasaba casi al completo en casa y dice que ya no recuerda cuándo fue la última vez que las pasó con sus tíos.

Cuando pasamos a la universidad, ninguna tuvimos dificultad para elegir la carrera que queríamos, pues ambas éramos buenas estudiantes. Paula consiguió becas y un trabajo a media jornada en una cadena de comida rápida. Ella insistía con independizarse pese a que mis padres le ofrecían vivir en casa ya que tenía la mayoría de edad. Ni con todos sus esfuerzos le llegaba para la matrícula de la universidad y las prácticas de enfermería no le permitían echar muchas horas en la hamburguesería. Un domingo de paella en casa, tras una acalorada discusión familiar, Paula finalmente aceptó que mis padres le pagaran la parte de las tasas de la universidad que no tenía becadas, aunque ella pactó que se lo devolvería en cuanto tuviera dinero.

Paula iba muy justa de dinero, había días que se quitaba el uniforme de enfermera en el hospital y salía con la gorrita de la hamburguesería y otros al contrario. Pero era feliz, por fin autosuficiente. Vivía con otras dos estudiantes en un piso compartido totalmente destartalado y con muebles del siglo anterior. Pero qué bien lo pasamos en ese piso, cuántas fiestas y juergas. En mi caso menos de las que hubiera deseado, puesto que estudiar medicina no deja mucho tiempo libre, ni me lo deja aún.

«Mi hermana Paula», «mi hermana Leo», así nos presentábamos a las nuevas amistades y a las conquistas. En algunos aspectos vivíamos vidas paralelas: estudiamos para ser sanitarias, teníamos el mismo sueño de viajar cuando tuviéramos dinero y nos gustaba la misma música. Añadiendo que incluso perdimos la virginidad el primer año de universidad. Paula lo hizo con un estirado de Ingeniería de Telecomunicaciones que le duró un suspiro, porque eran la noche y el día. Después vinieron varias conquistas, pero ninguno parecía encajar con el espíritu libre de Paula, no se puede enjaular a un animal salvaje o al menos no se debe, por eso Paula odia el zoo.

En mi caso, he sido de pocas relaciones importantes, debe ser que la estirada soy yo o que apenas tengo tiempo para ligar. Aunque Paula dice que es «mi carácter» lo que me hace atractiva para los chicos. Mi primer amor fue otro estudiante de Medicina, continué con él hasta que acabó el primer curso, pero me aburría tanto que al empezar las vacaciones preferí irme con Paula a Cádiz. Al volver de vacaciones, lo intentamos intermitentemente, pero cualquier excusa era buena para dejarlo: «tengo parciales», «estoy haciendo un curso de inglés a distancia», «la estudiante de intercambio me quita mucho tiempo»... Así pasó un curso más hasta que lo dejamos definitivamente.

Después estuve de secano salvo por alguna conquista sin importancia puesto que la carrera me absorbía demasiado. Entonces conocí a Miguel, tenía cinco años más que yo y era también médico. Miguel estaba en el hospital haciendo la residencia y yo me volví loca por él. Fue una relación larga y estuvimos juntos hasta hace un año, cuando me enteré de que lo compartía con alguna sanitaria más.

¡Ay, Miguel! Se cree el George Clooney del hospital, es anestesista y por suerte ya no lo veo cada día porque hace seis meses lo fichó una clínica privada que le paga una pasta por encargarse de las «bellas durmientes» o, dicho de otra manera, es anestesista en un equipo de cirugía plástica.

Al principio, Miguel era encantador, detallista, romántico. Me enseñó todo en el sexo, era un amante espectacular y parecía que comía de mi mano, solo que no era verdad, porque Miguel es un auténtico vendehúmos. Hace un año y medio me enredó en meternos en el piso (si se puede llamar así) donde vivo ahora.

Primero nos fuimos a vivir juntos a un piso de alquiler y pronto empezó a meterme en la cabeza que tirábamos el dinero todos los meses. Consiguió convencerme hasta alquilar mi piso actual, el cual es una vivienda de alquiler con derecho a compra a partir del cuarto año.

Miguel nunca llegó a vivir en este piso. Lo dejamos antes de que terminase de trasladar sus pertenencias. Cuando nos lo entregaron estaba muy liado haciendo un curso. Por lo que me mudé yo sola para empezar a arreglarlo. Lo que yo no sabía es que estaba muy ocupado con su otra vida, su otra conquista.

Pasé seis meses a caballo entre el piso de alquiler y el nuevo, trasladando cosas, limpiando y poniendo orden. Con la excusa de que llegaba tarde de trabajar o estaba de noche, yo dormía en el piso nuevo para no molestarlo. Miguel aún no se había dignado ni a venir a verlo. Nuestra última noche juntos, quedamos a cenar, después le propuse que fuéramos a ver el piso, mis intenciones eran claras, me moría de ganas de estrenar la cama o cualquier otro punto de la casa. Subimos al piso y ya de entrada le puso mil pegas, pero, para contrarrestar, yo me puse melosa, me lo comía con los ojos. Sin embargo, su mirada estaba perdida, me apartó, me dijo que se agobiaba y se fue. Unos días después, me enteré de que salía con otra doctora.

Estuvimos trabajando juntos seis meses más, no exactamente juntos porque él está en el área de Cirugía y yo en Medicina Interna, por lo que solo nos veíamos por los pasillos o en la cafetería. Cuando nos cruzábamos, ni siquiera nos saludábamos.

Algunas de sus cajas seguían acumuladas en medio del salón con libros y algo de ropa de otra temporada. Esos días yo iba del hospital a casa como alma en pena, con el piso a medias, pues no me llegaba para comprar cosas nuevas y tampoco tenía ánimo. Hasta que un día llegó Paula, mi ángel de la guarda.

—Buenas noches, doctora Martínez, traigo algo de comida saludable de la que recomienda usted a sus pacientes.

En una bolsa del supermercado traía dos botellas de vino blanco, nachos, patatas fritas, *pizzas* y lasaña precocinada, muy sano todo. Venía en chándal y playeras y según ella a quedarse todo el fin de semana hasta convertir mi chabola en el Palacio de Liria.

—Pero si la casa es monísima, reformada, tiene terraza y, aunque pequeña, tiene muchas posibilidades. Mañana nos vamos de compras..., ¿te hace el plan?

La verdad es que mi casa es bonita, es un estudio de una habitación de cincuenta metros cuadrados. Al entrar hay un pequeño recibidor con un armario y se accede directamente al salón, el cual es muy luminoso porque da paso a la terraza y tiene cocina americana muy completa. Reorganizamos el salón, compramos unas banquetas altas para comer en la barra de la cocina, muchos cojines llamativos y pusimos en la terraza dos sillones y una mesita para tomar el sol y el aperitivo. En el salón hay dos puertas más, una da acceso al dormitorio, que es muy amplio y, además de la cama y dos mesillas, hay espacio para un pequeño estudio. La otra puerta es la del baño, que tiene una enorme ducha, Paula dice que tiene muchas posibilidades sexuales, a mí me da la risa, estoy yo para montármelo en la ducha, pero, como es muy pícara para estas cosas, insistió en regalarme un albornoz sexi para salir mona de la ducha si tenía alguna conquista.

Solo nos quedaba deshacernos de las cosas de Miguel, así que aprovechamos las cajas y bolsas de las cosas nuevas para meterlas dentro y las bajamos al trastero. Si en unos días no pasaba a por ellas, haríamos una hoguera con el contenido de las cajas como si fuéramos las brujas de Zugarramurdi.

Fue un fin de semana intenso, nos hizo falta más vino y pedimos comida a domicilio. No me dio tiempo a pensar en Miguel, por lo que fue una buena terapia. Quedamos satisfechas o casi, porque, cuando estábamos en la cama el domingo, Paula me advirtió:

—Mañana viene tu padre a medir las ventanas para instalar los estores.

—¡Paula! —me quejé —. ¿Cuándo has hablado con él?

—Se lo he dicho por WhatsApp. Hija, no puedes estar sin cortinas, tienes que tener intimidad cuando traigas algún *churri* aquí...

Ese día fue el comienzo de mi nueva vida, con Miguel fuera de ella.

Capítulo 3: El concierto

Llegó el día del concierto y menos mal que no tenía que trabajar esa mañana porque estaba más nerviosa de lo normal. Yo que soy tranquilona, de las que no se estresan ni se emocionan fácilmente, ese día estaba como pollo sin cabeza, casi arrepintiéndome de haber aceptado las entradas.

El concierto era a las nueve en el Palacio de los Deportes, sé que ahora se llama de otra forma, pero a mí me gusta llamarlo así. Paula y yo habíamos quedado en mi casa un par de horas antes para salir juntas, queríamos llegar con antelación para averiguar cómo acceder con las entradas.

Concretamos no arreglarnos demasiado, para no parecer unas paletas que van a la zona vip por primera vez. Después de dar un par de vueltas a mi armario, me decidí por un vestido de estilo *boho* con una cazadora *biker* mostaza y unos botines. Me dejé el pelo suelto y algo ondulado, no soy nada habilidosa con las planchas ni otros artilugios de peluquería. Tenía el pelo larguísimo, en el hospital casi siempre lo llevaba recogido con una trenza o un moño deshilachado, además, como no me daba tiempo ir a la peluquería, llevaba las auténticas mechas californianas.

Cuando Paula llegó a casa, no me sorprendió que llevara un *look* similar al mío y es que en estas cuestiones sí que estamos muy compenetradas. Eso es genial, no es la típica amiga que te dice que no se va a arreglar mucho para tomar unas cañas y luego te deja mal cuando aparece como salida de una pasarela. Normalmente las dos somos de ir en vaqueros y con ropa cómoda.

Pensamos en tomar unos vinos en casa antes de salir, pero, la verdad, estábamos tan nerviosas que decidimos irnos al metro y llegar pronto y tomar algo al llegar allí.

—¿Crees que nos invitará a su camerino? —me preguntó Paula en el Metro mientras giraba su anillo en actitud nerviosa.

—Tú has visto muchas películas, ¿no? Yo creo que no se acordará de a quién le ha regalado entradas.

—Pues entonces no entiendo por qué insistió en hacértelas llegar al hospital si se las rechazaste en persona.

—Vete tú a saber qué puede pasar por la cabeza de un tío así. No sé, igual es para que no contemos que ha estado allí, yo qué sé, me estás poniendo nerviosa, Pau.

Corté en seco la conversación y Paula me puso los ojos en blanco, como siempre hace, mientras farfulló entre dientes: «¡Qué carácter!».

Al final no paramos a tomar nada, de mutuo acuerdo decidimos acercarnos directamente al recinto pues había mucha gente en los accesos. Una vez allí, la persona de control miró las entradas y al verlas avisó por el pinganillo a otro compañero que nos vino a buscar y nos llevó a la zona vip. Fuimos las primeras en llegar, además de los asientos había una mesa con bebida y algo de picar, así que, muertas de sed por los nervios, nos autoservimos unos vinos.

Al rato empezó a llegar gente a la sala, Paula revisaba entre los asistentes si había algún famoso y yo ya me sentía más ambientada y tranquila. Entonces Paula me hizo un gesto con las cejas mientras daba un traguito a su copa de vino blanco y, como no sabía qué me quería decir, me metí entero a la boca un canapé que tenía en la mano. ¡Qué vergüenza!, era el hermano de Jorge y se acercaba a nosotras, Paula tenía la risa floja por el vino y yo un canapé en el moflete.

—Bienvenidas, chicas, ¿qué tal? Casi no os reconozco vestidas de calle.

—Gracias por la invitación —dijo rápido Paula muy resuelta—. Ganamos de civil, ¿verdad?

—Sí, sí, desde luego que ganáis —dijo sin dejar de mirar a Paula—. Bueno, chicas, qué os apetece más ver el concierto desde aquí o desde el *backstage*.

Dudamos un poco, nos miramos, más que nada para disimular la sorpresa, porque estaba segura de que estábamos de acuerdo en que sería una experiencia inolvidable ver el concierto justo detrás del artista y los músicos.

—Si aún dudáis, en el *backstage* también hay *catering* —intervino Javier.

Me subieron los colores a la cara, estaba quedando como una glotona, menos mal que Paula tiene respuesta para todo.

—Mientras haya vino es suficiente. —Y los dos rieron como tontos a la vez.

—Jorge se reúne con todo el equipo ahora, pero diez minutos antes del concierto vengo a por vosotras. Disfrutad.

Tal y como nos dijo, unos minutos antes del concierto vino a buscarnos, le seguimos por unos pasillos interiores pensando que nos llevarían al *backstage*, pero no fue así, nos condujo directamente a una sala que hacía la función de camerino, donde Jorge nos estaba esperando. Ninguna de las dos nos lo esperábamos.

—¡Qué alegría veros! Y qué... qué diferentes vestidas sin uniforme. Gracias por aceptar finalmente las entradas, doctora Martínez.

—Por favor, llámame Leo, ya no soy tu doctora, por eso estoy aquí.

—Cierto, además Leo es más bonito, por cierto, estás diferente, la ropa o ¿las gafas?

—Ya, es que soy como Superman y Clark Kent...

—Buena comparación, ¿es la primera vez que venís a un concierto?

—En este pabellón hemos estado en varios —respondió Paula—. Además, Leo y yo estuvimos en otro tuyo hace unos meses en Vista Alegre.

—Ah, gracias. Sí, ese fue muy bonito, más íntimo, me siento más cómodo en plazas más pequeñas y este es más multitudinario, con repertorio diferente. ¿Os gusta alguna canción en particular?

Casi al unísono respondimos: *Despierta*. Veníamos comentando estos días cuánto nos gustaba y que esperábamos que la cantara en el concierto.

—¡Genial!, por supuesto que está en el repertorio, yo no tengo favoritas, como es lógico, pero *Despierta* me trae especiales recuerdos. Ahora os dejo, empieza la acción...

—Mucha mierda —le respondí.

—Gracias, Leo. —Jorge me sonrió y me guiñó un ojo.

Entonces se fue con parte del equipo y su hermano hacia el escenario y a nosotras nos acompañó una de sus asistentas a la zona desde donde veríamos el concierto.

—¿Qué ha sido eso? —dijo Paula sonriéndome y dándome un codazo.

—Joder, petarda, muy amable por su parte querernos saludar.

—Me refiero a su guiño y como coqueteabas con él. —E, imitándome, repitió mis palabras—. «Soy como Superman y Clark Kent».

—Calla, calla. —La agarré del brazo fuerte, pues justo Javier venía hacia nosotras para ver el concierto juntos.

Entonces empezó el concierto y Jorge comenzó a cantar *Pongamos que hablo de Madrid* en acústico, él solo, con su guitarra al pie del micro y después le siguieron sus músicos. Interpretó sus canciones intercalando pedacitos de temas de sus maestros, como él decía: Alejandro Sanz, Jorge Drexler, Juanes o Sabina.

En mitad del concierto, cogió el micro para dedicar una canción, su hermano se puso nervioso y empezó a maldecir en bajito.

—Os voy a contar un secreto, el otro día tuve un pequeño accidente doméstico y fui a urgencias. —El público se alborotó—. Tranquilos, no tuvo ninguna consecuencia, pero fui al hospital más próximo y allí me atendió un equipo excepcional de sanitarios, a los que quiero dedicar esta canción.

Entonces comenzó a cantar *Despierta*, nuestra favorita, de nuevo en acústico y en algunos trozos soltaba la guitarra para cantar a capela. Paula y yo nos miramos, yo tenía la piel de gallina y eso que no hacía nada de frío y Paula tenía los ojos vidriosos, y os aseguro que ella no es de lágrima fácil.

Al acabar la canción, entró para hacer un breve descanso y beber agua. Se acercó a su hermano y este le increpó por decir lo del hospital, yo los miraba de reojo cuando Jorge me cazó, me sonrió de medio lado y, de nuevo, me guiñó un ojo.

El concierto prosiguió, le pidieron bises y después de que el público, incluidas nosotras, se dejara las palmas aplaudiendo, Jorge se despidió finalmente y entró. Estaba empapado de sudor y se bebía las botellas de agua casi de un trago, estuve por intervenir como doctora para decirle que eso no era nada bueno, pero estaba extasiado y ampliamente feliz después de más de dos horas sin parar. Soltó el agua y se acercó a nosotras.

—¿Os ha gustado? Espero que lo hayáis disfrutado.

—Ha sido una experiencia inolvidable y gracias por la dedicatoria —le dije.

—Ahora tengo reunión en el camerino con todo el equipo y después tenemos una pequeña celebración a la que también estáis invitadas. Si os apetece y no tenéis planes...

—Muchas gracias... —dije, pero Paula me interrumpió.

—Por supuesto, no tenemos nada mejor que hacer y además libramos mañana.

—Perfecto, ahora mando a alguien del equipo a por vosotras, no me quiero ni arrimar, necesito una ducha.

Cuando se fue, casi mato a Paula con la mirada. Ya os dije que es la persona que más me ayuda a socializarme, pero a veces se pasa de descarada.

Capítulo 4: Una noche después del concierto

Continuamos por el *backstage* tomando algo de lo que quedaba en el *catering* y esperando que alguien nos recogiera o nos echaran de allí, hasta que Javier vino a buscarnos también cambiado.

Los dos hermanos se parecen mucho físicamente. Javier es algo mayor que Jorge, los dos tienen un pelo indomable y ambos llevan barba de tres días, pero bien arreglada. Javier es más alto y fibroso y Jorge más delgado y desgarbado. Los dos tienen los ojos de un color extraño, entre verdes y color miel, según les dé la luz. Creo que son de Granada, pero no tienen mucho acento, a Jorge apenas se le nota cuando canta. Ambos tienen una pícara sonrisa, aunque Jorge sonríe más que Javier. Javier parece más triste, como si llevara una carga emocional mayor. En cambio, ahora venía a buscarnos más dicharachero y sonriente, supongo que relajado al saber que todo había salido bien.

—Qué bien que os vengáis a tomar algo con nosotros, casi no he tenido la oportunidad de charlar un rato con vosotras, ni de agradeceros lo del otro día en el hospital. Lo vais a pasar genial, pero no esperéis que sean las fiestas míticas de los roqueros en los que se pasan de todo, corren las drogas y el alcohol y rompen guitarras. Vamos a una tasca, cerca de aquí y la cierran para nosotros.

—No seremos las únicas chicas, ¿verdad? —pregunté.

Nada más formular la pregunta, me pareció una tontería, pero fue lo primero que se me ocurrió para romper el hielo.

—No, varias chicas forman parte del equipo, a veces viene hasta mi madre, pero hoy no está en Madrid.

Le seguimos fuera del Palacio de los Deportes y callejeamos un poco hasta llegar al bar. Efectivamente era una tasca, un local pequeño y sencillo, regentado por un señor de mediana edad y una chica algo más joven con pinta de ser su hija. El bar era más bien un pasillo estrecho, con pocas mesas y unas banquetas en la barra. Al llegar, ya había parte del equipo tomando cervezas en la barra, entre los que me pareció reconocer a alguno de los músicos y a la chica que nos acompañó al *backstage*. Javier nos ofreció tomar lo que quisiéramos pues era barra libre. No íbamos a hacernos las finas con el vino, así que pedimos unas cañas.

Paula y Javier enseguida entablaron conversación, yo me mantuve al margen, prefiero escuchar. Al principio hablaron de que Jorge había sido un bocazas por contar lo del ingreso en el hospital y después derivó al trabajo de Paula. Aprovechando que quería ir al baño, los dejé hablando a los dos solos y al salir del aseo me desmarqué un poco, me sentía un poco violenta, no sabía muy bien qué pintaba allí, pero tampoco quería aguarle la fiesta a Paula.

Me senté en una banqueta de la barra, saqué el móvil y empecé a enredar con él, mirando las fotos y mensajes, lo típico que hacen las personas menos sociables como yo cuando se sienten incomodas. Entonces noté a alguien cerca de mí que me miraba por detrás del hombro, era Jorge, me sorprendió y me asusté un poco porque estaba ensimismada en la pantalla.

—Hola, no te asustes.

—Hola, no te había visto llegar, ¿qué tal? Estarás agotado después de más de dos horas de concierto.

—No, qué va, estoy de subidón, después dormiré como un bebé, pero ahora sería incapaz de meterme en la cama. Tú lo sabrás mejor que eres médica, creo que es la adrenalina o algo así.

—Sí, algo así, pero ya te dije que ahora soy Leo a secas.

—*OK*, Leo a secas y ¿cuál es tu Instagram? Leo a secas, doctora Leo, Leonor...

—¿Y cuál es tu Instagram es el nuevo estudias o trabajas?

—Es que ya sé que trabajas. Te lo pregunto porque traté de buscar tu perfil para contactar contigo y hacerte llegar las entradas, pero no fui capaz, así que las dejó mi hermano en la recepción del hospital y el resto de la historia ya la sabes, por eso estás aquí. De todas formas, ¿no te han dicho nunca que eres un poco borde?

—He perdido la cuenta de las veces que me lo han dicho. Lo siento, me sale así natural, sin poder controlarlo. Muchas gracias por la invitación y disculpa por lo del Instagram...

—¿Pero me vas a decir cuál es? O, mejor, se me ocurre una idea. Te dejo mi móvil, abro mi cuenta, te buscas a ti misma y le das a seguir. Así te puedo avisar de otro concierto, si te apetece...

No me dio opción a réplica, metió la mano en el bolsillo trasero de sus vaqueros, sacó su móvil, lo desbloqueó, abrió su cuenta de Instagram y me lo pasó. Busqué mi perfil, le di a seguir y se lo devolví.

—¿Ya?, ¿contento?

—*OK*, genial. Ahora mira en tu móvil y comprueba que te estoy siguiendo y de paso marcas mi número, me haces una perdida y así tengo también tu teléfono.

—Mira que me han pedido el teléfono de maneras originales, pero nunca tan directo. Por cierto, ¿no decías que eras muy celoso de tu intimidad y desconfiado? No lo entiendo, me vas a dar tu teléfono sin apenas conocerme...

—Una doctora me inspira confianza, además has tenido mi vida en tus manos.

—Ja, ja, ja. —Estallé a reír—. Qué dramático, no te operé a corazón abierto.

—Los artistas somos así. ¿Otra cerveza?

Efectivamente, con esa forma de pedir el número no pude negarme, no creí que me fuera a llamar nunca, es Jorge Álvarez. Hizo un gesto a la camarera, que se acercó mientras le hacía ojitos, y le pidió dos copas de cerveza muy fría. Me pasó una y brindó conmigo.

—Esto no es vida saludable, ¿verdad?

—Si es todos los días no, pero si es ocasional y el resto de los días haces vida sana, comes bien y haces deporte, no pasa nada, te lo puedes permitir.

—¿Es lo que haces tú?

—Efectivamente.

—¿Y qué deporte practicas? Es por coger ideas.

—Pues tengo poco tiempo, así que salgo a correr al aire libre, me viene muy bien y me despeja. Además, necesito luz solar dado que paso muchas horas con luz artificial.

—Eso me pasa a mí, me encierro mucho, a componer, grabar, tele... Voy a copiar tu idea. Cuando esté por Madrid, ¿dónde me recomiendas salir a correr?

—Uf, depende de dónde vivas, pero mejor por una zona verde que correr por ciudad. Por ejemplo, El Retiro o la Casa de Campo...

—Yo en Madrid no tengo casa, me alojo en un hotel, pero le puedo decir a la discográfica que reserve un hotel cerca de un parque, puede ser una buena idea, ¿dónde corres tú?

—Yo en Madrid Río que es lo que me pilla cerca.

—Eso es donde pasaba la M-30, ¿no?

—Efectivamente.

—Pues, cuando esté en Madrid, te aviso y salgo a correr contigo, si no te importa, pero no estoy muy en forma, te advierto.

—No, no, claro... Yo tampoco soy Usain Bolt, así que me sigues fácil.

Me dejó sorprendida, no esperaba una propuesta/cita para hacer *running* y, aunque me pareció que había dado muchas vueltas para sonsacarme dónde vivía o qué lugares frecuentaba, no me importó decírselo, el juego estaba siendo divertido y no me importaba jugar. De hecho, hacía tiempo que no coqueteaba y a nadie le amarga un dulce, ni a las personas más secas como yo.

Seguimos hablando un poco, pero yo estaba cortada dado que el resto del equipo, incluido su hermano, no hacían más que mirarnos, así que le insistí en que se arrimara al resto y yo volví junto a Paula. Supliqué a Paula que me quería ir, pues se estaba haciendo tarde y decidimos marcharnos, no sin antes despedimos de los asistentes en general y de Javier, bueno Javi, como nos dijo que le gustaba que le llamaran, y de Jorge, que estaba con su hermano, en particular.

—Gracias por todo, chicos, ha sido una noche genial —dijo Paula en nombre de las dos.

—De nada, gracias a vosotras, esperamos que lo hayáis pasado bien —dijo Javi.

—Espero que nos volvamos a ver —dijo Jorge, dirigiendo su mirada hacia mí—, pero no en el hospital —matizó.

—Gracias, cuidaros mucho —dije.

Me arrepentí de ser tan seca, pero, con Paula y Javi al lado estudiando mis palabras, no me salía nada más. Además, ¿qué le iba a decir a un cantante famoso, al que creía que no iba a ver jamás en la vida y que dentro de unos días no se acordaría ni de mi nombre?

Cogimos un taxi, Paula y yo solemos dormir juntas en mi casa cuando salimos de noche. Yo vivo entre Pirámides y Puerta de Toledo, en taxi no tardamos mucho en llegar. Paula estuvo mensajeándose con alguien durante todo el viaje, no soy muy curiosa así que no le pregunté.

Pero ella sí, así que, cuando nos estábamos desmaquillando en el baño, me interrogó.

—Has hablado mucho con Jorge.

—Un poco —dije seca.

—¿De qué?

—De todo un poco, del concierto, ya sabes...

—Os habéis intercambiado teléfonos.

—¿Preguntas o afirmas?

—Afirmo, solo espero que no le hayas soltado una bordería de las tuyas y que no le hayas dado un teléfono falso como sueles hacer.

—He hecho una perdida al suyo desde el mío, así que igual me ha engañado él a mí.

—Como no me preguntas, en el taxi me escribía con Javi, me ha caído de puta madre.

—Me alegro, pero no te flipes —le advertí.

—No me flipo, me cae bien y punto, ya sé que tendrá una novia en cada puerto, pero tampoco me quiero casar con él.

—Tú sabrás —insistí.

—Eres más rancia que la naftalina de los armarios de casa de mi tía.

—Me voy a sobar —dije, tratando de zanjar el tema.

—Te dejo en paz, si me cuentas si alguna vez te escribe u os volvéis a ver, soy tu hermana favorita...

—De acuerdo, si follamos como si no hubiera un mañana en la *suite* de un hotel, me propone matrimonio, irme de gira y dejar todo por él, serás la primera en saberlo...

—No tienes término medio, o te pasas o no llegas. ¿Has visto la peli de Lady Gaga y Bradley Cooper?

—Paula..., tengo sueño...

Lo sé, soy una borde, pero Paula tiene cuerda para rato, si le hubiera contado los detalles del coqueteo con Jorge, no hubiera dormido esa noche y si no duermo me levanto de muy mal humor y me gusta aprovechar los días libres. Además, no le quería dar mucha importancia. ¿Cómo iba yo a saber lo que iba a pasar unos días después?

Capítulo 5: Pronador o supinador

No tardé en tener noticias de mi nuevo amigo Jorge y la semana siguiente, mientras estaba trabajando, recibí un mensaje suyo.

Jorge: Hola, Leo, te sorprenderá que te escriba, pero estoy tratando de comprarme *online* unas zapatillas de *running*, como dicen ahora. Joder, no pensaba que era tan difícil, necesito tu ayuda, ¿qué coño es eso de pronador o supinador?

En el trabajo no uso mucho el móvil, así que hasta pasadas unas horas en el descanso no lo leí. Me entró la risa floja, en cualquier otro caso le hubiera contestado con mi rudo carácter un «míralo en Google», pero aflojé. Que el cantante al que admiro me estuviera preguntado por unas deportivas era, como mínimo, divertido. ¿Cuántas veces me podría pasar eso en la vida? Estoy segura de que algún asistente le podría comprar las zapatillas y que cualquier marca se las regalaría a cambio de una publicación en Instagram, pero la verdad es que Jorge había tenido gracia a la hora de intentar contactar conmigo.

Leo: Hola, pues sí que es una sorpresa. Para saber si eres pronador o supinador, es muy fácil, coge unas zapatillas muy usadas y observa el desgaste de la suela. Si desgastas el interior eres pronador y si desgastas el exterior eres supinador.

Casualmente, Jorge estaba en línea y no tardó en responderme y, por lo tanto, iniciar una conversación.

Jorge: Fácil, ahora lo miro. Espera.

Jorge: Pronador del 43, ¿y tú?

Leo: Pronadora del 38.

Jorge: Ya tenemos algo en común, pisamos fuerte hacia dentro.

Leo: Es una manera de decirlo.

Jorge: ¿Dónde estás ahora?

Leo: Comiéndome un par de yogures en la sala de descanso del hospital.

Jorge: ¡Qué sana! Yo estoy en Vigo, tengo un concierto el sábado y otro en Bilbao el viernes que viene.

Leo: Qué vida tan intensa...

Jorge: No siempre, a veces me recluyo a componer y así paso meses o semanas. Y a ti, ¿te gusta viajar?

Leo: Sí, es una de mis aficiones, pero ahora tengo poco tiempo y dinero. Así que espero poder hacerlo cuando acabe la residencia y mi vida se estabilice.

Jorge: Después de Bilbao, hago parada en Madrid durante dos semanas por temas de la discográfica, querré estrenar las zapatillas pronadoras, ¿me acompañarías?

Leo: Ok, avísame, ahora te tengo que dejar, tengo que volver al curro.

Jorge: Gracias por tu *run* ayuda.

Leo: El chiste es malo, pero de nada.

Jorge: Hacer chistes malos es una de mis cualidades. Nos vemos pronto. Un beso.

Leo: Perfecto, nos vemos. Suerte en los conciertos. Besos.

«Pero... ¿qué me está pasando? Yo la doctora Borde, coqueteando por WhatsApp con un chico, no me reconozco ni yo misma». Era extraño, pero Jorge me había despertado algo que estaba dormido en mí desde la ruptura con Miguel. Era tan fácil hablar con él, pese a ser alguien famoso, resultaba natural y honesto. Además, la semana siguiente, seguimos manteniendo conversaciones similares. Al principio iniciaba la conversación mandándome una foto o haciendo un comentario gracioso y después seguíamos hablando, aunque parecían entrevistas encubiertas hacia mí. Mis gustos, de dónde era, por qué había estudiado medicina o cuál era mi relación real con Paula. En una de esas conversaciones se atrevió a preguntarme si salía con alguien.

Jorge: O sea que Paula en realidad no es tu hermana.

Leo: Pero como si lo fuera, no sé lo que es tener hermanos de sangre, pero lo que tengo con ella es un lazo aún más fuerte.

Jorge: ¡Qué bonito! Y supongo que ese lazo no lo podría romper nada, ni un tío.

Leo: ¿Enfadarnos por un tío? Ni de coña

Jorge: ¿Por qué?, ¿no os gustan los tíos?

Leo: Porque nos respetamos, nos queremos y no nos haríamos eso. Creo que nunca nos ha gustado el mismo chico.

Jorge: ¿Y ahora tenéis pareja?

Leo: No.

Jorge: Vaya no más rotundo, ha sonado a paso de los tíos o a que te han hecho daño y ahora reniegas del género masculino.

Leo: Muy listo, paso palabra. Nunca me cuentas cosas tuyas, pero siempre me sometes a mí al tercer grado.

Jorge: Puedes leer sobre mí en Internet.

Leo: Es curioso, esa sería una contestación de las mías. Estoy segura de que Internet no dice toda la verdad.

Jorge: Seguro, y no lo he dicho en plan borde, todo el mundo lo hace cuando me conoce. Pero además de que soy músico, que tengo treinta y un años, un hermano y soy de Granada, no dan ni una.

Leo: Todo eso ya lo sabía, pero cuéntame algo que no sepa o no diga Internet.

Jorge: Mi padre era albañil y falleció en un accidente laboral, mi madre no trabajaba, pero como éramos pequeños e íbamos justos de dinero, empezó a trabajar de cocinera en un colegio, ahora no trabaja, cuida de mis abuelos y vive en Granada, donde está mi residencia oficial. En realidad, vivimos en comuna: mi hermano, mi madre, mis abuelos y yo. ¡Ah!, y no tengo novia ni novio, con quien me sacan fotos son gente de la discográfica, amigos y amigas.

Leo: Buen resumen.

Así seguimos varios días, teniendo largas conversaciones de WhatsApp, hasta que una noche se atrevió a llamarme. Jorge no dudó en hacerlo, fue directo, me preguntó en un mensaje si me importaba que me llamara y unos segundos después lo hizo. Reconozco que me encantó que lo hiciera y escuchar de nuevo su voz. Estas conversaciones también se extendían y era mucho mejor hablar así, y además disfrutar de su risa.

Aproveché para contar a fondo la naturaleza de mi amistad con Paula y toda su historia, con la que se sintió en parte identificado, ya que él apenas tenía recuerdos de su padre. Le pregunté por qué me contaba cosas tan íntimas sin apenas conocerme, si no le daba miedo que yo lo contara a la prensa.

—No he conocido a nadie que sea tan celosa de su intimidad como tú. Me inspiras confianza —contestó.

En otras conversaciones hablamos de mis gustos musicales: Alejandro Sanz, Pablo López, Pablo Alborán, Drexler, Leiva, Rozalén y Sabina y de mis canciones favoritas, algunas también eran las suyas y, como ya demostró en el concierto, las introducía en el repertorio.

—Conozco personalmente a alguno de ellos. Pero no te voy a decir a quién —me dijo intrigante.

—Eres malo...

—Si eres buena, te presentaré a alguno y que te cante una canción... Ja, ja, ja, qué flipado ha sonado... No me pega nada.

—¡Qué capullo!

—Es coña, pero es cierto que a algunos los conozco y a todos los admiro, ahora escucha...

Entonces empezó a cantarme al teléfono *Todo se transforma*, de Jorge Drexler, «cada uno da lo que recibe y luego recibe lo que da, nada es más simple, no hay otra norma, nada se pierde, todo se transforma».

—La ley de la Lavoisier, «la materia no se crea ni se destruye: solo se transforma». Es que Jorge Drexler es músico y médico —le dije en tono repipi.

—Pero qué empollona eres...

Hablamos de mi carrera, el porqué había decidido ser médica y elegir medicina interna en concreto.

—Soy un bruto, explícame lo de medicina interna o lo voy a tener que buscar en Google.

—Esto es muy de Wikipedia, pero creo que así lo entenderás: los internistas diagnosticamos y tratamos enfermedades del adulto que no necesiten cirugía. Es, mal explicado, como el médico de tu centro de salud, pero en el hospital donde puedes hacer pruebas diagnósticas que no se pueden hacer en un centro de salud y además aplicando tratamientos más complejos. Por ejemplo, alguien ingresa con cefalea, dolor articular y fiebre, en ese caso, además de otras pruebas, le podría hacer una punción lumbar e imagínate que le diagnostico una meningitis.

—Ese ejemplo me vale, un amigo lo tuvo y fue así.

—Madre mía, he sido muy simplista, me van a suspender la residencia.

—No, palabras perfectas para un músico con total desconocimiento.

Jorge no era tan bruto como decía, había estudiado Filología Inglesa, además de música profesionalmente, pero no componía ni cantaba en inglés. Además, le gustaba pintar y, por las fotos publicadas en sus redes sociales, lo hacía muy bien.

Tras muchas conversaciones, nunca hablamos de relaciones personales, ni suyas ni mías. Era algo que nos costaba a los dos. Nunca había hablado tanto y tan seguido con nadie que no fuera Paula. Jorge era capaz de mantener una conversación viva más de una hora, nunca se agotaba de hablar y además siempre era interesante escucharle. Jorge aceptaba estoicamente mis frases cortantes y no se ofendía, en realidad formaban parte del juego, del tira y afloja que manteníamos.

El sábado por la mañana antes del concierto en Bilbao, me escribió en vez de llamarme.

Jorge: Hoy guardo la voz para el concierto, no hablo con nadie en todo el día.

Leo: Y seguro que te dicen que calladito estás más guapo.

Jorge: ¿Te parezco guapo?

Leo: Algo flaco y desgarbado.

Jorge: Es la vida de músico atormentado.

Leo: ¿La barba y no peinarte también forma parte de ello?

Jorge: Mi estilista se está cagando en ti ahora mismo.

Leo: Mucha mierda es buena suerte.

Jorge: Tienes una chulería madrileña que te la pisas, doctora Borde. En cambio, tú sales muy favorecida en tus fotos de Instagram.

Leo: ¿Has revisado todo mi perfil?

Jorge: Sí, hoy tenía poca cosa que hacer y me puse en modo cotilla. Por cierto, me han gustado las publicaciones de mi concierto en Vista Alegre.

Leo: ¡Qué vergüenza!

Jorge: No sé por qué, los comentarios son muy bonitos, me alegro de que fuera tan buena experiencia.

Leo: Lo estaba pasando muy mal en esa época e ir al concierto fue un subidón.

Jorge: Y ¿me vas a decir por qué?

Leo: Me acababa de enterar de que mi novio tenía otra novia.

Jorge: Vaya, no sé qué decir.

Leo: Fue muy duro, pero ya pasó, ahora soy más fuerte y tengo un apartamento en el centro yo sola que apenas puedo pagar, pero es mío.

Jorge: Ya tienes más que yo, que comparto casa con cuatro más y no hay intimidad, cualquiera lleva a un ligue.

Leo: Es el lado bueno de las cosas.

Jorge: Esa peli me encanta.

Leo: A mí también.

Jorge: Ya tenemos otra cosa en común. Leo, tengo que dejarte, voy a comer y prepararme para el concierto. ¿Nos vemos en Madrid la semana que viene?

Leo: Sí, tenemos pendiente salir a correr.

Jorge: Cierto, ¿te va bien el lunes por la tarde y me enseñas Madrid Río?

Leo: Me va genial, que tengas buen concierto, mucha mierda de nuevo.

Jorge: Gracias, bonita.

Me pareció muy tierna la despedida, tenía ganas de verlo en persona y encima corriendo, iba a ser divertidísimo.

Esa noche, supongo que sería al acabar el concierto, me envío algunos videos, era una grabación casera de un móvil desde el *backstage*, estaba viéndolo en la cama, cuando uno de los videos me hizo especial ilusión. Entre canción y canción, Jorge se dirigía al público para contarles algo:

—Le dedico esta canción a la madrileña más chula que conozco, pero también la más sincera y honesta. Gracias por aceptar ser mi amiga.

Claramente se refería a mí, me sentí muy halagada, no solo por la dedicatoria, sino por el tema que me había dedicado, *A corto plazo*, una canción que habla de tener metas, cumplir sueños y salir de la zona de confort. Imaginé como su hermano le habría dado la bronca por bocazas. Así que, aunque eran las dos de la mañana, le escribí un mensaje.

Leo: Gracias por los videos y por la dedicatoria. Tu bronca te habrá costado.

Jorge: Más que una bronca, una investigación de asuntos internos.

Leo: ¿Cómo?

Jorge: Está mosqueado porque no sabía que manteníamos contacto después del concierto de Madrid.

Leo: ¿Y?

Jorge: Ahora sigue enfadado por no contárselo, pero está contento de que seas mi amiga. Por qué somos un poco amigos, ¿no?

Leo: Creo que estamos avanzando para llegar a serlo.

Jorge: Yo creo que sí. Al menos no te arrepientes de haberme dado tu teléfono. Me encanta hablar contigo.

Leo: Sin que sirva de precedente, voy a ser algo cariñosa... A mí también me gusta hablar contigo. Y ahora voy a dormir, es muy tarde, estoy agotada, hoy he doblado turno.

Jorge: Eres cariñosa siempre, pero a tu manera. Pues yo ahora estoy con el subidón.

Leo: Ten cuidado, no te pases con la bebida fría, ahora las cuerdas vocales están inflamadas.

Jorge: Gracias por preocuparte, pero te sorprenderías lo sano que me estoy volviendo, solo me voy a tomar un par de cervezas con el equipo en el hotel, mañana viajamos. Descansa, bonita.

De nuevo usó la palabra *bonita,* nunca me había gustado que se dirigieran a mí con esa palabra, sobre todo cuando tiene tono de condescendencia o cuando la usan irónicamente para llamarte niñata. Pero he de admitir que en su boca sonaba dulce, muy dulce, y honesto. Lo sé, me estoy poniendo moñas y es cierto eso de que, cuando alguien te gusta, le añades un tinte positivo a todo lo que hace o dice. No lo podía evitar, empezaba a sentir algo por Jorge, no sé el qué, pero algo especial, sin nombre y apellidos aún.

Capítulo 6: Correteando por el parque

Como habíamos concretado, el lunes Jorge me escribió para decirme que ya estaba en Madrid y que se alojaba en un hotel cerca de Puerta de Toledo, al parecer lo había elegido adrede para estar cerca de Madrid Río y poder salir a correr conmigo. Casualmente yo vivía muy cerca, pero no recordaba habérselo dicho. Le mandé una localización para encontrarnos y quedamos a la siete y media, en Madrid en primavera todavía hay luz solar, pero ya hay menos gente en el parque, los niños se marchan a casa y se llena de deportistas.

Jorge apareció puntual, vestía deportivo, con un chándal y zapatillas, caminaba hacia mí desgarbado, con su flequillo despeinado y su sonrisa de medio lado, además cargaba con una mochila excesivamente grande para salir a correr. Me entró la risa al verlo, no es que yo tuviera mejor pinta que él, pues llevaba unos *leggins*, una sudadera, una coleta alta y mi minimochila para el agua.

—¡Qué pasa, Doc! —me saludó—. Dos besos, ¿no?

—Hola, artista. —Nos dimos dos besos y un abrazo—. Vienes muy cargado para correr.

—Ahora me llevas tú la carga. —Soltó la mochila en un banco del parque, la abrió, sacó una caja de deportivas y me la entregó—. 38 pronadora, ¿verdad?

—Sí —dije cortada. Abrí la caja y eran unas zapatillas para correr preciosas. No me las habría podido permitir, de hecho, las mías ya pedían un cambio y justo antes de salir acababa de pegar un trozo de goma del talón con la pistola de silicona caliente.

—¿No te gustan? —me dijo preocupado.

—Sí, pero no hacía falta, es excesivo, creo que no debo aceptarlo.

—Ya no soy tu paciente, ahora eres mi amiga, o eso creo, y además era una oferta en la web al pedir las mías, era un «dos por pronador».

—Vale, cuentista, pero qué chistes tan malos cuentas, joder.

Todo el que practique deporte sabe que no se deben estrenar unas zapatillas nuevas el primer día, antes hay que «domarlas», es decir, caminar con ellas para que se adapten a tu pie o tu pie a ellas, pero no quería hacerle un feo. Me senté en un banco y las cambié por las mías, tiré la caja a una papelera cercana y ganas me dieron de tirar también las zapatillas viejas, pero las metí en su mochila.

Corrimos durante media hora, el pobre no podía ni hablar, estaba asfixiado, así que paramos en un banco con la excusa de beber agua. Como no había traído botella, le ofrecí un trago de la mía, bebió «a morro», me dijo que para no dejar «las miasmas», como dice su abuela. Estaba tan rojo y empapado que le propuse que estiráramos ya.

—¿Y sales todos los días a correr? —me dijo casi sin aliento.

—No, pero muy a menudo. Tienes pinta de ser fumador o exfumador.

—Sí, fui fumador social hasta los veinticinco, después me dio asco a mí mismo. Por cierto, supongo que no saldrás a correr de noche.

—En invierno no queda otra, pronto anochece, pero hay mucha gente por aquí y está iluminado.

—Ten cuidado, porfa.

—Suelo llevarme el móvil y ya te digo que hay más corredores como yo.

—No obstante, ten cuidado.

Soy de la opinión de que, cuando te preocupas por alguien o te da miedo de que enferme o le pueda suceder algo, es que de verdad te importa, por lo que me pareció muy tierno que hiciera esos comentarios. A mí me pasaba igual con él, cuando temía que bebiera agua helada después de un concierto o no estuviera durmiendo o comiendo bien.

Tras estirar y sentarnos un poco en el banco, me preguntó si vivía cerca de allí, pues quería acompañarme, y fuimos caminando hacia mi portal. Me sentí muy cómoda con él durante el paseo, después de tantas conversaciones telefónicas, era genial poder hablar cara a cara y, aunque soy muy celosa de mi intimidad y rehúyo de llevar gente a casa, cuando estábamos llegando al portal, decidí invitarlo a subir.

Lo noté violento, cortado, pero traté de convencerlo.

—Nunca invito a nadie a casa, pero me da cosa que nos vean hablando en el portal y que alguien te pueda reconocer.

—¿Es una excepción entonces?

—Sí, puede ser. Pero no quiero que malinterpretes lo de subir a mi casa como otra propuesta —le dije aclarando la invitación.

—Entonces acepto, me gustan las excepciones y romper las reglas. No voy a interpretar nada, además huelo a sudor y te aseguro que tú también y no te tocaría ni con un palo.

—Venga, insurrecto apestoso, sube.

Le enseñé mi casa, en cinco minutos claro, no daba para mucho más y lo invité a tomar una cerveza en la terraza.

—Me gusta tu casa, tiene personalidad y esta terraza es un oasis. Este momento cerveza es lo mejor del día.

—Eres un zalamero, seguro que vives en una mansión y te sientas cada día en tu jardín de doscientos metros cuadrados a beber cava.

—Es una casa normal a las afueras de Granada y, si divido los metros entre los cinco habitantes de la casa, toco a menos metros que tú sola aquí. No me gusta el cava, prefiero esta lata de cerveza, es más, yo utilizo el cava para llenar la piscina, no veas qué bien te deja la piel.

—Tienes respuesta para todo.

Seguimos hablando de mi casa, le conté a fondo la historia de por qué me había venido a vivir aquí y por qué tenía un gasto que apenas podía mantener, le expliqué como Paula me había ayudado a arreglarla y a borrar las huellas de Miguel. Me sinceré tanto que no me lo creía ni yo. Jorge apenas intervenía, solo me escuchaba atento.

—¿Si te cuento un secreto de esta casa, bueno una intimidad, me cuentas algo tuyo?

—Pero ya sabes casi todo de mí y, lo que no sabes, está en Internet.

—Bueno, pues no te lo cuento, tú te lo pierdes, me iba a sincerar.

—Sí, cuéntamelo y te contaré algo a la altura de lo que tú me cuentes, porque eres una lianta y fijo que me cuentas que no sabes poner el horno o algo así.

—Pues que mi ex, Miguel, nunca durmió aquí, ¿es alucinante no? Y yo sin darme cuenta de que me la estaba pegando.

—¿Quieres decir que no se quedaba a dormir y se iba de madrugada?

—Más o menos, apenas pisó esta casa.

—No seas misteriosa y termina de contármelo. Te refieres a que no estrenasteis la cama, ¿no?

Me morí de vergüenza, no sé qué me había hecho contarle eso y ahora tenía que terminar la historia.

—Eso es y no cuento más, que me he venido arriba y ahora me arrepiento.

—Te has puesto roja, no te voy a preguntar más. Ahora va mi historia: cuando empecé a despuntar en la música yo estaba con mi novia de toda la vida. Ella seguía viviendo en Granada y yo viajaba mucho. Mi chica no soportaba la presión y no entendía mis ausencias, ni el mundo fan. Y eso que yo volvía con ella en cuanto podía. Ella era mi mundo, mi compañera de vida y no podía soportar no estar a su lado. La ruptura fue una gran fuente de creatividad, pero tremendamente dolorosa. Los que me rodeaban me decían que aprovechara mi nueva situación y que saliera «de caza», ya solo la palabra me da asco. Añadiendo además que la mayoría solo se acercaban por ser conocido, eso me repateaba y me volví arisco y desconfiado. Estuve más de un año solo.

—Venga ya, y voy yo y me lo creo.

—En serio, pregúntale a mi hermano. No me apetecía estar con nadie, estaba pasando un duelo y además la música me absorbía. Después conocí a una chica que trabajaba en la discográfica, pero no funcionó. Aunque en un principio parecía un punto a favor trabajar en el mismo sector, pronto me di cuenta de que no sentía nada especial por ella, que no la amaba y no quise mantener una relación vacía. Ahora no me soporta, y creo que yo tampoco a ella.

—¿Sigues trabajando con ella?

—Nunca trabajamos juntos directamente, nos cruzamos de vez en cuando y ahora ella está con otro músico conocido de la compañía. No siento nada cuando los veo juntos y eso es porque ella no significó nada para mí, pero refuerza aún más mi teoría de que la gente se arrima a mí por interés y eso me hacer ser desconfiado.

—Esa teoría no concuerda nada con estar aquí tomando una cerveza en mi terraza.

—Es cierto, soy muy desconfiado, menos contigo, confío ciegamente en ti.

—¿Por qué?

—Porque me miras a los ojos cuando me hablas, porque me ves como alguien normal, no me idolatras, me das malas contestaciones y no me dices lo que quiero oír. Me has llamado sudoroso asqueroso y te has quedado tan ancha.

—También te he invitado a subir a mi casa y podría ser para seducirte.

—Sí, ya lo veo, invitándome a una lata de cerveza. Me has dicho que subiera porque no quieres que te vean con un tío en chándal en el portal.

—Eso es cierto, pero también me apetecía enseñarte mi casa.

—Gracias, además la historia que me has contado me sirve de inspiración.

—¿Qué historia?

—Ya lo sabrás. Ahora me tengo que ir, me quiero duchar, cenar algo y descansar, ya verás mañana qué agujetas.

—Te invitaría a cenar, pero tengo poca cosa en la nevera —dije avergonzada.

—Mejor, así tenemos una excusa para quedar otro día. ¿Te viene bien cenar el viernes?

—Como la invitación de hoy ha sido un poco cutre, te invito a cenar en casa, pero que conste que no es una cita.

—Te tomo la palabra, yo traigo el vino y el postre. Además, no me gustan las citas. Me lo he pasado muy bien, me he sentido muy a gusto.

—Yo también. Nos vemos el viernes entonces.

Nos despedimos en la puerta, con dos besos y un abrazo, burlándonos de lo sudados que estábamos y cerrando lo del viernes. De nuevo cerró la despedida con un cariñoso «hasta el viernes, bonita». Me metí a la ducha, con música, como siempre. En mi *playlist* estaban algunas de sus canciones. Mientras me duchaba, me parecía mentira que ese mismo Jorge que susurraba la canción se acabara de ir de mi casa y hubiera bebido de mi botella de agua.

Al salir de la ducha, oí el repiquetear de los nudillos de Paula en la puerta. No me acordaba que venía a cenar, todos los lunes cenamos juntas, pero esos días había estado algo distraída con Jorge. Salí nerviosa, pues por unos minutos casi se cruza con Jorge y yo no le había contado nada aún. No podía ocultárselo más, porque si me pillaba iba a ser un buen motivo de discusión. Paula pasó a casa como una hidra y empezó a refunfuñar:

—No es normal lo que tardas en abrir, ¿estabas cagando o qué? ¿Por qué no me haces una copia de la llave? Te prometo que solo la usaré en caso de emergencia.

—Me has pillado saliendo de la ducha, he salido a correr. Y sí, te voy a dar una copia, pesada.

Paula sacó su chicle de la boca y fue a tirarlo al cubo de basura, como buena espía, vio las dos latas de cerveza en el cubo de reciclaje y, mirándome inquisidora con sus profundos ojos azules, me dijo divertidamente enfadada:

—¿Cerveza? ¿Un lunes? ¿Después de salir a correr? ¿No me tienes que contar nada?

—Lo confieso, he salido a correr con un amigo.

—¿Y?

—Le he invitado a tomar algo en casa después.

—¿Y?

—Es Jorge...

Entonces vomité todo: los mensajes, las llamadas, la dedicatoria del concierto, las zapatillas, salir a correr juntos, tomar las cervezas en casa, que el viernes cenaríamos juntos... Paula ni siquiera pestañeaba y cuando terminé solo dijo, con la tez blanca:

—Necesito un vino o algo más fuerte, estoy alucinando...

—Vale, tengo vino blanco del que te gusta, pero no quiero que te enfades, no he tenido tiempo de contártelo, ha sido todo muy rápido.

—Joder, nena, casi os pillo follando contra la pared y no me cuentas que estáis liados, cómo no quieres que me enfade.

—¡No!, no estoy con él, ni hemos follado contra la pared, no hay nada más, te lo prometo. Y te lo iba a contar hoy mismo.

—¿Entonces? —Empezó Paula con el interrogatorio.

—Es amistad, algo platónico, no sé, los dos necesitamos hablar, volver a recuperar la confianza en el ser humano, ambos hemos sufrido por amor, es lo que tenemos en común.

—Pero... ¿te gusta?, ¿te pone?, ¿te parece guapo? No sé, ¿te lo tirarías?

—Sí y no.

—A ver, a ver... Qué es sí y qué es no...

—Me atrae, pero no me complicaría la vida con él. En cambio, quiero seguir hablando con él, volver a vernos.

—¿Y la respuesta a si te lo tirarías?

—Paulita, qué basta eres, eso no lo he pensado y además creo que no le gusto.

—Desde luego en mallas no tienes mucho *sex appeal.* Espero que el viernes te lo curres más. ¿Qué vas a cocinarle? ¿Quínoa?

A Paula se le pasó el enfado rápido, en cuanto empezó a contarme que también estaba conociendo a alguien. Estaba muy ilusionada, esta vez era diferente, no era un simple rollo, no me dijo quién era, probablemente porque no lo conocía, solo que había sido por casualidad, que era encantador, algo mayor que ella, muy responsable pero muy divertido y sobre todo que era libre como ella.

Le aconsejé que tuviera cuidado, que fuera despacio, que no se fíe de las apariencias. La verdad es que a veces parezco su madre, pero me da miedo que le hagan daño, aunque aparente ser un toro, es frágil y su sufrimiento es el mío.

Yo cuidando de ella como madre y ella todo lo contrario, incitándome a que aprovechara la cena con él. Por más que le insistí en que no era una cita, ella erre que erre, «ponte esto de ropa», «pon música, pero no la suya», «haz esto de cena», «arregla y limpia la casa», «cambia las sábanas no sea que acabéis entre ellas» y no podía faltar su famoso «no te pongas las bragas de color carne, aunque sean cómodas».

—No es una cita, no seas pesada. Solo una invitación, como tú y yo hoy. Por cierto, te quedas a dormir, ¿no? —le dije tratando de cerrar la conversación que tanto me incomodaba.

Se puede decir que nos bebimos el vino blanco de la paz y, al terminar de cenar, nos acurrucamos juntas a ver la televisión y, no tardando mucho, nos fuimos a dormir. Aunque yo me hacía la dormida, sé que se estaba mensajeando con su nuevo amor. Admito que a mí también me apetecía mandar un mensaje a Jorge, pero no lo hice, lo que faltaba para alimentar aún más la fantasía de Paula. Por si acaso él lo hacía, apagué el móvil y puse la alarma para el día siguiente.

Capítulo 7: Sienta a un famoso en tu mesa

Durante toda la semana Jorge y yo habíamos estado chateando, como ya era costumbre entre nosotros. No faltaron los mensajes bromeando acerca de mis mallas de correr y mi coleta, mientras yo hacía lo propio con su chándal y su poco fondo físico. Jorge se encontraba esos días enfrascado en un nuevo proyecto dentro del estudio y cerrando cosas del resto de la gira, tenía aún pendientes los conciertos de Barcelona, Valencia, Sevilla y Granada. Me transmitía su miedo e inseguridad a enfrentarse por primera vez a conciertos multitudinarios, dado que hasta ahora sus giras habían sido más íntimas.

El viernes, tal y como habíamos quedado, llegó puntual y yo estaba temblando cuando sonó el portero automático. Como es habitual en mí, solo hice caso a medias a Paula, en cuanto a la preparación de la «no» cita. Lo primero es que no me arreglé mucho, porque creo que es una chorrada para cenar en casa, me puse unos vaqueros cómodos, una camiseta con la espalda algo escotada y unas deportivas, por supuesto no me acuerdo de qué bragas llevaba. Lo que sí hice fue limpiar a fondo la casa, la ordené y me esmeré con la cena. Durante la semana estuve indagando qué comidas le gustaban o si tenía alguna intolerancia y saqué en conclusión que tenía buen apetito y, según él, literalmente «se comía hasta las piedras». Me lo puso fácil, no obstante, me esforcé y preparé unos deliciosos espaguetis con verduras y un pastel de pescado sencillo, receta de mi madre.

Como no tenía mesa en el salón, fruto del poco espacio y mi bajo presupuesto para emplear en muebles del hogar, preparé «la mesa» para dos en la barra americana de la cocina. Además, estrené las luces leds de la terraza que le daba un ambiente muy bonito a toda la estancia y la verdad que, mirado así, sí que parecía una cita. No estoy acostumbrada a tener invitados en casa, ni a cocinar para otros, salvo para Paula, y estaba ciertamente preocupada de no ser una buena anfitriona, y qué narices, Jorge es un artista, pensé que estaría acostumbrado a grandes cenas y eventos de cierto nivel.

Cuando llamó al timbre, respiré hondo y abrí la puerta con mi mejor sonrisa y allí estaba él, encantador como siempre, y natural, muy natural.

—Hola, dame dos besos. ¡Qué bien huele! Toma el vino y el postre, mételo en la nevera.

—¿Qué tal, besucón?

—Bien, no he parado en toda la semana. No he vuelto a salir a correr y aún tengo agujetas desde el lunes.

—La falta de costumbre, ¿tomamos algo en la terraza? Aún es pronto para cenar. ¿Vino, cerveza, refresco?

—Prefiero vino. ¿Por qué no abres el que he traído? Qué bonita está la terraza iluminada, además es muy íntima, como es abuhardillada no te ve nadie, ¡es genial!

—Yo también pensé lo mismo, tenemos un problema con lo de la intimidad, ¿no crees?

—Porque el mundo me ha hecho así... Por cierto, ¿te apetece ver un video casero en exclusiva de lo que estoy haciendo en el estudio?

—¡Oh, claro!

—Pero es un secreto entre los dos, si se entera mi hermano me mata, pero creo que tienes que escucharlo.

Jorge me pasó su móvil y yo misma pulsé al *play*. En el video, se veía a Jorge dentro de la pecera del estudio, con unos auriculares enormes puestos y con su guitarra. Nada más empezar la melodía me embrujó, sonaba a melancolía, pero era bonita. Después, su voz rompió la música, para añadir la poesía que salía de sus labios y yo enfoqué toda mi atención a la letra. La canción hablaba de la infidelidad, de ser desleal. Yo tenía las emociones a flor de piel y entonces llegó la parte en la que se estremeció mi estómago y todo mi ser, los labios de Jorge, al ritmo de la música de su guitarra, decían «una cama que él nunca estrenó, porque deshacía las sábanas de otra...». Mis ojos brotaron como dos cascadas, le devolví el teléfono bruscamente sin terminar de ver el video y tapé mi cara con mis manos. Jorge soltó el teléfono, se arrodilló a la altura de mis piernas, para consolarme y secar mis lágrimas.

—No, no quería esto, verte llorar me parte en dos, déjame abrazarte —me suplicó.

—No me abraces, no me toques, pero ¿por qué? —dije muy enfadada.

—Créeme, yo no quería provocar esto... —dijo apesadumbrado.

—Es que no lo entiendo, te cuento una cosa y lo haces canción para joderme, para violar mi intimidad.

—Nadie sabe que es tu historia, solo es una frase en toda la canción, el resto de la letra ya estaba escrita, añadí eso porque me pareció muy conmovedor, me inspiró la historia que me contaste y cerré así la canción.

—La canción es preciosa, pero has traicionado mi confianza, ya no te voy a contar nada más. No me lo creo, que Miguel, el muy... tenga una canción... Lo que le faltaba... —dije con voz temblorosa sin poder parar de llorar.

—No puedes dejar que él siga en tu vida, en tu pensamiento. Te voy a contar una de las razones por lo que lo incluí, es porque, cuando ella, o sea Julia, me dejó, hablar de lo que sentía en las canciones era reparador y me ayudó a superarlo. Creía que podía funcionarte a ti también. Por favor, tienes que creerme, no he querido hacerte daño, solo quiero el bien para ti, no quiero perderte, ni que me odies. No grabo la puta canción y ya está —dijo disculpándose.

—No, no, es tu trabajo. Te creo, pero no es mi forma de superarlo, lo que necesito para superarlo es confiar de nuevo en la gente, ser más sociable, por eso fui al concierto, por eso te di bola y chateé contigo, por eso te he invitado a cenar.

—Pues entonces, déjame que te abrace, que junte de nuevo los pedazos que he roto y me dejes reparar el agravio... Te lo prometo, no te vas a arrepentir, cenemos y bebamos el vino de la paz.

Sonó tan honesto y yo me encontraba tan frágil en ese momento que dejé que me abrazara. Fue un abrazo infinito y no me sentí incómoda con el contacto físico tal y como me sucedía en otras ocasiones. Además, olía tan bien y era tan agradable sentir como me secaba las lágrimas con sus dedos. Al separarnos, fui al baño a recomponer mi aspecto y reparar los estragos provocados por mis lágrimas y no usar rímel resistente al agua y me dije: «Vaya, parece que no he superado lo de Miguel aún, tengo que olvidarlo por completo, tratar de rehacer mi vida».

Empezamos a cenar. Aunque al principio nos sentíamos algo tensos por lo acontecido con la canción, la tensión poco a poco se alivió gracias a que Jorge es buen conversador y rápido cambió de tema; la gira, los viajes.

También hablamos de mi trabajo, de lo pronto que acabaría mi residencia y brindamos por ello. De tanto hablar y brindar, acabamos el vino rápido, yo iba un poco achispada y parecía que la pena se había diluido un poco. Tras la cena, seguimos la velada en la terraza tomando las exquisitas tartaletas de queso con frutos del bosque que Jorge había traído y seguimos con nuestra charla.

—Entonces ahora tienes vacaciones, ¿no? —me dijo.

—Bueno, no es así exactamente, a veces junto días por las guardias y así puedo desconectar o estudiar y además es genial para hacer viajes en temporada baja, bueno, eso cuando tenga pasta, claro.

—Pues te invito a venir a Barcelona, aprovechas para hacer turismo por allí y me apoyas en el concierto.

—Claro, y voy de polizón en la furgoneta de los músicos.

—He dicho que te invito, a veces vienen familiares a la gira y la discográfica les paga el transporte y el hotel. Por ejemplo, mi madre viene a Valencia y luego vamos juntos a Sevilla y Granada.

—Te lo agradezco, pero no.

—Esa canción es de Alejandro Sanz.

—Lo sé, no cambies de tema.

Una hora después, con la sobredosis de glucosa de la tartaleta y después de dar buena cuenta del *limoncello* que me habían traído mis padres de su último viaje, ya no me parecía tan mal plan.

—Es tarde, me voy al hotel, no olvides darme tus datos para el vuelo o mejor dámelo ahora mismo, no sea que mañana cambies de opinión. Déjame tu DNI que hago una foto con mi móvil. ¿Dónde tienes el bolso?

—Espera, espera, no corras tanto...

—Me pareció que había un perchero en tu habitación, fijo que lo tienes ahí.

—Muy observador, pero no me gustan que curioseen entre mis cosas, déjame que yo te lo traiga.

Fui a mi cuarto, efectivamente mi cartera estaba en la mochila del trabajo colgada del perchero. Jorge me esperó en el salón, saqué el DNI, hizo la foto y lo guardé, en ese momento ya me estaba arrepintiendo. Efectivamente, Jorge es muy observador o muy cotilla, según se mire, porque no se le pasó por alto la foto que llevo en mi cartera, una foto de Paula y mía con dieciséis años hecha en un fotomatón.

—Me encantaría que alguien que no es de mi familia me llegara a querer así —dijo Jorge con una bonita sonrisa en su rostro.

—Es que Paula es mi familia.

—Es cierto, pero mi hermano no me lleva en la cartera.

—Si encuentras un fotomatón, me hago una foto contigo y te llevo en la cartera.

—Hecho, dos copias, para que te lleve yo conmigo también.

Con la promesa de la foto, nos despedimos con un gran abrazo y dos besos, porque Jorge no perdona los besos, apretados y sonoros como los de las abuelas, y quedamos para vernos entre semana y ultimar el viaje.

Capítulo 8: Armas de seducción

Unos días después de nuestra «no cita» en mi casa, quedé en ir al hotel donde se alojaba Jorge, para concretar los detalles del viaje, porque Jorge no se fiaba de que yo me echara para atrás en el último momento y la verdad, no le faltaba razón. El hotel quedaba cerca de casa, así que fui dando un paseo, me parecía surrealista quedar en un hotel para cenar con un cantante, pero, dejando aparte esto, nuestra relación se movía en términos totalmente normales entre gente de nuestra edad. Y como yo no soy una persona aduladora, ni una fanática, nunca lo traté como a nadie especial, sino como a un tipo normal de mi edad, con el que lo pasaba bien y olvidaba su profesión, bueno, eso no es cierto del todo, pues a veces lo usaba como arma arrojadiza para meterme con él.

Una vez en el hotel, confirmé en recepción que me esperaban en la habitación y subí directamente en el ascensor. Era un buen hotel, pero modesto, llamé a la puerta con los nudillos y Jorge salió a recibirme. Como es un besucón, me abrazó y me dio dos besazos, como si no me hubiese visto en un mes, y me enseñó la habitación. Era una *junior suite,* muy sencilla, con una cama doble y una salita adjunta. Sobre la mesa había un pedido de sushi, dos copas y una botella de vino blanco dentro de una hielera. Además, asomaban de un sobre los vuelos a Barcelona y una bonita caja de regalo.

Supuse que era un regalo del hotel o de un seguidor, pero supuse mal, porque era para mí.

—Jorge, es el segundo regalo que me haces...

—Me siento fatal por hacerte llorar el otro día y quiero sacarte hoy una sonrisa con este regalo. Ábrelo y lo entenderás.

Lo abrí con mucho misterio y dentro descubrí una cámara de fotos Polaroid, que, aunque era digital, también podía imprimir la foto de manera instantánea.

—El regalo es el sustituto al fotomatón que nos va a ser difícil encontrar.

—¡Qué ideas! Muchas gracias —le dije cortada.

—¿La estrenamos?

Hicimos varias fotos, sin decidirnos por ninguna, en las primeras yo estaba muy rígida y no quería salir mal en la foto. Pero Jorge me convenció de que el objetivo del fotomatón y de estas cámaras es la espontaneidad, lo que se dice «un aquí te pillo aquí te mato» y, mientras yo me reía con su verborrea, él disparó la cámara a traición. Por más que insistí en repetir la foto, no hubo manera, Jorge imprimió dos iguales y nos las repartimos.

—Lo del regalo, el sushi y el vino... ¿son armas de seducción? —le dije muy risueña.

—¡Vete a la mierda, doctora! Si quisiera seducirte, ya habrías caído en mis brazos.

—¡Oh, habló el *playboy*! No me amenaces, que ahora tengo en mi poder varias fotos contigo y puedo decir que el hijo que estoy esperando es tuyo.

—¿Qué hijo?

—Me pongo un cojín y luego digo que lo he perdido.

—Y yo llamo a mi abogado, venga, pregúntame. ¿Qué abogado?

—No voy a caer en la trampa, renueva tus chistes.

Seguimos peleando en broma, parecíamos dos críos y, cuando estábamos terminando de cenar, llegó su hermano, quien se unió a la cena y a las bromas. No miré el reloj, lo estábamos pasando tan bien que las horas volaron. Casi no hablamos del viaje, hasta que Jorge sacó el tema para cerciorarse de que no me escapaba de allí sin confirmar que iría.

—No te olvides los billetes.

—Tranquilo, lo prometido es deuda.

—Nosotros nos vamos mañana con el equipo, tu vuelo está previsto para el jueves por la tarde. Alguien de la organización o yo mismo te recogeremos en el aeropuerto del Prat para llevarte al hotel —me explicó Javi—. La idea es que te unas a nuestros planes del viernes, tenemos visitas previstas con el equipo. El sábado durante el día te dejaremos a tu bola para que hagas turismo porque nosotros nos concentramos y por la noche te unes a nosotros para el concierto.

—Genial, me parece estupendo, ¿y el domingo? —pregunté, al ver lo organizado que tenían todo.

—No hemos planeado nada, según como estemos de cansados de la fiesta posconcierto. El lunes tú regresas a Madrid y nosotros ponemos rumbo a Valencia —intervino Jorge.

—Chicos, son las tres de la mañana. Ya sé que vosotros sois bohemios y trasnochadores, pero yo trabajo, aunque de tarde, pero trabajo.

—Espera, pedimos un taxi —dijo Javi.

—No os preocupéis, vivo muy cerca, es solo un paseo.

—¡Una mierda! —exclamó Jorge y continuó—: Como eslogan, y que conste que estoy de acuerdo, está muy bien lo de «sola y borracha quiero llegar a casa», pero la realidad es que es peligroso y no voy a permitirlo. Si quieres ir andado te acompaño —dijo Jorge.

—No voy borracha, pero tienes razón, no te enfades, pedimos un taxi —dije, tranquilizándolo.

Entiendo su miedo, es cierto que, desgraciadamente, es una realidad que las mujeres corremos peligro al volver a casa solas por la noche. Además, me enternecía que se preocupase así de mí y tratara de protegerme.

Llamamos a un taxi desde mi móvil y me acompañaron a recepción, en cinco minutos llegó el taxi y nos despedimos hasta nuestro nuevo encuentro en Barcelona.

Los dejé solos, Jorge le dijo a su hermano que se iba a dormir, pero Javi insistió en que quería hablar a solas con él. Supe de esta conversación por una confesión posterior de Jorge.

—¿Qué pasa? Estoy muy cansado, mañana tenemos que salir de viaje, qué raro que no seas tú el que insista en irse a dormir pronto —dijo Jorge extrañado.

—Son solo cinco minutos, una pregunta, ¿te gusta? —preguntó inquisidor Javi.

—¿El qué? —le dijo Jorge, haciéndose el despistado.

—Mi chaqueta nueva, no te jode... Quién va a ser, Leo.

—Sí, claro, si me cayera mal no cenaría con ella, ni le hubiera invitado al concierto.

—No me refiero a si es simpática, eso ya lo veo y a ti no te cae bien cualquiera. Me refiero a que si entre vosotros hay algo más que amistad, si os habéis liado, si he interrumpido algo cuando he llegado...

—Si has interrumpido algo, no te he visto con prisa de irte de mi habitación.

—Venga, sincérate, soy tu hermano.

—Y yo no me voy a andar con rodeos. Sí, me gusta, pero estoy acojonado y no quiero cagarla. Me da miedo que ella no sienta lo mismo por mí, asustarla y que salga corriendo. —Y así se sinceró Jorge respecto a lo que sentía hacia mí.

—Eso significa que estás madurando, todavía me acuerdo cuando te tiraste al mar desde un peñasco. ¿Dónde fue?, ¿Almería?

—Ya, ya, abuelo cebolleta, lo que pasa es que ahora pienso que una roca puede estar abajo esperándome y partirme el cuello.

—Pues ahora el valiente soy yo, me estoy enamorando, estoy empezando algo con una chica muy especial y en breve te contaré más. Ahora, me voy a la cama, y tú, descansa, mañana salimos de viaje. —Antes de acabar la frase, Javi ya estaba en la puerta de la habitación.

—¡Espera! No te vayas ahora, no hagas como cuando de pequeño te tirabas un pedo en mi habitación y salías corriendo.

Javi salió de la habitación sin mirar atrás dejando a Jorge con la incógnita.

Capítulo 9: Como una groupie

El jueves trabajé por la mañana en consulta y al salir me fui corriendo a casa para comer y prepararme la maleta. Como siempre, todo lo dejo a última hora porque soy un desastre. En la puerta del hospital estaba Paula esperándome para ayudarme con el equipaje y llevarme al aeropuerto.

Nos fuimos rápido a casa, preparamos una ensalada y nos comimos los restos que había por la nevera. Con las fuerzas renovadas, empezamos a hacer la maleta. Miramos el tiempo que iba a hacer en el móvil y nos fiamos de que durante el día estaría soleado pero con humedad y algo de fresco por la noche. Paula rebuscaba desesperada en mi cajón de ropa interior intentando formar conjuntos de sujetador y tanga y como es un ratón encontró un camisón de encaje antiguo y lo tiró a la maleta.

—Ni de coña, pásame un pijama —dije mosqueada.

—Y si hay tema..., ¿cómo vas a dormir, con pijama de pelotillas o desnuda? —me insistió Paula.

—No va a haber tema.

—Por si acaso, te lo llevas. Porque a lo mejor Jorge y tú sois amigos, pero puedes ligar con otro. Por cierto, tienes que renovar tu ropa interior, conjuntada a poder ser, y dejas la cómoda para ir a trabajar.

—No tengo ni tiempo ni dinero, regálame tú algo, 90B, ya sabes —le recordé.

—Y el chocho así de gordo... Tía, que se te van a crear telarañas ahí dentro —dijo, haciendo un gesto un tanto obsceno.

—Qué basta eres. ¿Y tu conquista? —le dije para cambiar de tema.

—Más que bien, ha venido a Madrid por trabajo y nos hemos visto casi todos los días. No ves que cutis tengo y cómo me brilla el pelo.

—Soy tu hermana, preséntamelo...

—Para que lo critiques y me lo gafes.

Terminamos la maleta, me duché y me puse unos vaqueros cómodos, con una sudadera y unas zapatillas. Me arreglé un poco el pelo con el secador y lista para volar. Paula me dejó en el aeropuerto y fui directa al embarque con la maleta de mano. En el avión mandé un mensaje a Jorge para avisarlo de que todo iba en hora, pero no me respondió. Apagué el móvil, despegamos y a las nueve de la noche el avión aterrizó en Barcelona, encendí el móvil y tenía un breve mensaje de Jorge.

Jorge: Te esperan en un coche, en la parada de taxis en la zona de llegadas, busca un Audi negro tipo berlina. Nos vemos pronto.

Dentro del aeropuerto, pregunté a una persona de seguridad por la parada de taxis, muy amablemente me indicó y me dirigí hacia allí muy chulita rodando mi maleta. Al llegar, no veía ningún coche negro. Cogí el móvil, dispuesta a buscar a Jorge en los contactos, cuando un coche negro se aproximó a mí haciéndome señales con las luces. Para mi sorpresa, era Jorge, que había venido él mismo a buscarme. Abrió desde dentro el maletero, guardé mi maleta y me senté en el asiento del copiloto.

—La verdad, no te esperaba a ti... ¿no iba a venir Javi o alguien del equipo?

—Hola, guapo, gracias por venir, dos besos, un abrazo —dijo imitando mi voz.

—Sí, todo eso también, solo que me has sorprendido gratamente —le dije, haciendo un guiño y pidiéndole un abrazo, el cual rápido me brindó, acompañándolo de sus besos apretados. Ya me estaba acostumbrado a sus abrazos y a su contacto físico.

—¿Alquilan este coche para traslados y voy a perder la oportunidad de conducirlo? Y encima lucirlo con una preciosidad dentro —me dijo con un tono prepotente impostado.

—Gracias... —dije sonrojándome.

—Me refería al que lo conduce.

Después de romper el hielo con sus bromas, me puso al día. Pero, sobre todo, de la intriga que tenía con la pareja de su hermano.

—No me suelta nada, no le sonsaco ni una pista, podrías echarme una mano.

—Me niego, no soy nada curiosa y una pésima celestina.

Fuimos directos al hotel, nos alojábamos en uno bonito en el barrio del Eixample. Mi habitación estaba junto a la suya, eran dos *suites* en el ático. Se trataba de la habitación más lujosa en la que había estado en mi vida: era sencilla, bien decorada, con una cama y una televisión enorme, tenía un baño con ducha en la que entraba una familia y con mil *amenities* de regalo, además, para mayor sorpresa, la *suite* contaba con una terraza, con tumbonas y una ducha solar.

—Es flipante...

—Sí, es de las más chulas en las que he estado, además espero que hayas traído bañador, la *suite* de mi hermano tiene piscina.

—Pues no he traído, es mayo —le dije muy en serio.

—Pues te bañas en pelotas.

—Más quisieras...

—Es coña, hace frío, pero ahora tenemos una cena en su terraza.

Efectivamente, la habitación de Javi era más alucinante todavía, era el doble de grande que la mía y la de Jorge, que eran iguales. Después me enteré de que habían intercambiado las habitaciones porque Jorge quería estar a mi lado. No tenía muy claro si por caballerosidad o porque iba a darme la noche con bromitas.

Fuimos a la habitación de Javi a cenar y había un pequeño *catering* en la terraza para los más íntimos, el resto del equipo se había ido por libre. No queríamos trasnochar mucho y estaba cansada del viajar, así que, después de cenar y charlar un rato, me despedí. Jorge también quería dormirse pronto y nos fuimos juntos hacia nuestras habitaciones.

—¿Te tomas algo conmigo en mi habitación? —me propuso Jorge de camino a nuestras habitaciones.

—No quiero que me vean entrar y salir de tu habitación, van a pensar que...

—¿Que estamos liados?, ¿y te importa lo que piensen los demás?

—No, pero es mejor que me vaya a dormir.

Nos dimos dos besos y nos despedimos. Al día siguiente subimos con parte del equipo al Montjuic para ver las vistas de la ciudad, dimos un paseo por la zona y entramos a la Fundación Joan Miró, donde un guía nos hizo un recorrido y nos contó cosas del artista y de sus obras. Tras la visita fuimos a comer todos juntos a un restaurante y así conocí mejor al resto del equipo. La mayoría eran muy dicharacheros, tenían mil anécdotas de los viajes, los conciertos y otros artistas con los que habían trabajado. Yo parecía una jueza de tenis, miraba a unos a y otros intentando seguir las historias que contaban.

—Y tú, ¿a qué te dedicas? —me preguntó el batería.

—Soy médica —contesté y se hizo un silencio y para romperlo, continué—: Y me temo que mis anécdotas más escatológicas no son ni la mitad de divertidas que las vuestras.

Todos rieron y siguieron con sus historietas. Jorge me miraba y sonreía, estaba a la otra punta de la mesa, pero de vez en cuando me hacía un guiño o algún gesto que yo entendía que era para mí. Javi estaba sentado a mi lado durante la comida.

—¿Qué tal está Paula? Podría haber venido —me preguntó Javi.

—Pues sí, pero tenía guardia, pero eso tú ya lo sabes... —dije, guiñándole un ojo.

—¿Por?

—Porque mantenéis o manteníais contacto.

—Sí, sí, eso me dijo, que trabajaba —dijo cortado.

—Estáis juntos. Y no pregunto, afirmo. No se lo he dicho a tu hermano, pero creo que deberías decírselo, está muy intrigado y ahora más, que nos está observando con cara de Sherlock Holmes.

—Joder, ya me dijo Paula que eras lista, pero no creía que tanto. Se lo voy a decir, tranquila, pero cuando esté mi madre.

—¿Vas en serio con Paula? Por favor, no la engañes ni engatuses. Pórtate bien con ella y sé sincero, no te voy a quitar ojo.

—Estoy acostumbrado a los hermanos mayores chungos, pero me acabas de acojonar. Voy muy en serio, Paula es increíble, la quiero, aún no se lo he dicho, pero la quiero.

La declaración de Javi me dejó muerta, deseé que no fuera palabrería barata, porque Paula es increíble y se merece que le salgan las cosas bien en la vida. No conocía mucho a Javi, pero no era del tipo de personas que se andan con rodeos.

Después de comer, fuimos al hotel, Jorge se tenía que cambiar de ropa para una sesión de fotos al atardecer en el parque Güell. Aunque no me apetecía mucho ese postureo accedí a acompañarlo y jugué a ser *paparazzi*. Los fotografié desde el exterior: cómo hacían la sesión, a la fotógrafa, los paseantes, la gente que se paraba a mirar la sesión.

Por la noche, cené con los dos hermanos en la habitación de Javi. Javi se ausentó en mitad de la cena porque había recibido una llamada, supuse que era Paula, porque se fue a la terraza para hablar y los gestos que hacía eran de coqueteo. Jorge estaba ansioso por interrogarme y yo ya sabía qué quería saber.

—Has hablado mucho con Javi en la comida.

—No tanto...

—Habéis cuchicheado, no os podía leer los labios.

—Ya, de eso se trata, de conversaciones privadas, y te respondo a la siguiente pregunta: yo no soy la amante.

—Vaya, me gustas como cuñada, pero tenía claro que tú no eras, ¿te ha dicho quién es?

—Algo sé y también que te lo va a contar, ten paciencia, lo hará cuando venga tu madre y hasta ahí puedo leer.

Cuando volvió Javi, zanjamos el tema, les conté mis planes para el día siguiente y nos despedimos pronto porque queríamos madrugar. Jorge y yo cruzamos el pasillo juntos y nos despedimos en la puerta de mi habitación con dos besos.

Me desmaquillé, me puse el pijama y me acurruqué en mi confortable cama a ver la televisión. Unos minutos después, escuché un repiquetear en la puerta de cristal que daba acceso a la terraza, con cierta intriga descorrí las cortinas y vi que era Jorge, había saltado la valla de separación entre las terrazas, y sonreía con cara de niño malo, haciéndome gestos de súplica para que le abriera.

—¡¡¡Sorpresa!!!

—Estás fatal, ¿ahora haces *balconing*?

—Quería darte las buenas noches de nuevo, ya empiezo el voto de silencio antes del concierto y quería cantarte las últimas palabras. —Y, con un ritmo pegadizo, comenzó a cantar—: «Si quieres hoy puedes venir, hay una fiesta para ti. A tu ventana treparé, si no la cierras esta vez. Ese perfume de mujer me llevará hasta donde estés, en una oscura habitación o en la guarida del león»... Ahí lo dejo... Buenas noches, bonita... —Y dicho esto, o, mejor dicho, cantado esto y sin darme derecho a réplica, me robó un beso en los labios, salió corriendo, cogió carrerilla y saltó de nuevo la valla divisora entre nuestras terrazas. Yo me quedé congelada en el sitio, tocándome los labios y analizando fríamente que, si se llega a caer y lesionar, Javi me hubiera matado.

Cerré la puerta de la terraza, corrí las cortinas, me metí en la cama y le escribí un mensaje.

Leo: Casi te matas, no soy traumatóloga y tu hermano me habría odiado toda la vida.

Jorge: Los cien metros valla son mi especialidad, ¿te has enfadado?

Leo: No, me gusta mucho esa canción de La Guardia.

Jorge: Entonces, ¿te ha gustado?

Leo: Nunca me habían dado las buenas noches así.

Jorge: Me alegro. Descansa, bonita.

Capítulo 10: Días de silencio y noches escandalosas

A la mañana siguiente, cuando bajé a desayunar, Jorge y Javi ya estaban en el restaurante. Cogí algo de fruta fresca, un zumo de naranja y una tostada con tomate y jamón y me senté en su mesa.

Jorge me susurró un «buenos días» y continuó cabizbajo y ojeroso removiendo su café. Javi bromeó con mi desayuno saludable.

—No me quiero meter, pero tú deberías desayunar algo más nutritivo que un café y una magdalena —indiqué a Jorge para romper el hielo.

—Lo sé —dijo escueto.

Noté como Javi se removía en la silla y se mostraba incómodo por la situación. Bien es cierto que yo tampoco soy muy sociable por las mañanas cuando aún no tengo nada en el estómago, pero Jorge es tan hablador que me resultaba extraño. Javi se levantó de la mesa y me propuso saltarme la dieta e ir a por tortitas recién hechas. Aceptó y nos dirigimos hacia la zona de plancha y cogimos los platos. Javi pidió dos tortitas con nata y chocolate para él y dos solo con chocolate para Jorge, yo me encapriché de una crepe de azúcar glas y canela. Mientras nos lo preparaban, Javi trató de explicar la situación y de disculparse por la actitud de Jorge.

—No se lo tengas en cuenta, el día del concierto está así, en silencio, no quiere forzar las cuerdas vocales y se pone muy nervioso.

—No pasa nada, solo que es extraño, parece otra persona a la de anoche.

Nos acercamos a la mesa con los platos cargados de alegría en forma de glucosa y en ese momento solté un... «Asúúúúúcar» como Celia Cruz. Jorge levantó la mirada y me sonrió.

Después de desayunar nos despedimos, yo me fui a hacer turismo y ellos a hacer las pertinentes pruebas de sonido al estadio. Por la tarde tenían previsto descansar en el hotel hasta la hora del concierto.

Estaba muy ilusionada con estar de nuevo en Barcelona, recordaba que estuve con mis padres y Paula cuando teníamos diecisiete años y me apetecía enormemente volver a visitar algunos de los sitios más bonitos de la ciudad. Como el hotel era céntrico, primero recorrí el Barrio de Gracia y me maravillé con las preciosas construcciones modernistas de la Pedrera o la Casa Batlló y llegué puntual a los pies de la Sagrada Familia, donde tenía la visita reservada. Después almorcé rápido para saltar unos siglos hacia atrás y adéntrame en el barrio Gótico y caminar hasta llegar a mi admirada Santa María del Mar, adoración debida a unos de mis libros favoritos, *La catedral del Mar*.

No me quedaba mucho tiempo, así que solo me asomé a la Barceloneta y toqué la arena para poder decir que había estado en la playa. No quise molestar a Jorge en todo el día, estaba tan serio y preocupado que no quería complicarlo. Eso sí, hice muchas fotos con el móvil y con la cámara nueva, para que, cuando estuviéramos juntos y él más relajado, pudiera enseñárselas. Como se me echaba la hora encima, cogí un autobús para llegar a tiempo al hotel. En ese momento, Jorge me escribió:

Jorge: No sé nada de ti en todo el día, ¿estás bien? Perdóname por lo de esta mañana, siento que te he hecho daño.

Leo: No hay nada que perdonar, hoy me cantas todo el repertorio y punto.

Jorge: Eso está hecho, ¿lo has pasado bien? ¿Has hecho muchas fotos?

Leo: Sí, ya voy de camino al hotel para cambiarme, he estrenado la cámara nueva.

Jorge: Jo, tengo muchas ganas de verte.

No le contesté porque la aplicación de transporte del móvil me decía que llegaba mi parada. Me bajé a unos metros del hotel y corrí rauda, eran las cinco y tenía que estar a las siete en el *hall* del hotel, ya cambiada y preparada para el concierto.

Me duché a contra reloj, me ondulé un poco el pelo con las planchas y me maquillé. Paula me había elegido la ropa para el concierto, todo en color negro, un pantalón de polipiel ajustado, una blusa semitransparente, unos botines un poco altos pero cómodos y la *biker*. Estaba retocándome frente al espejo cuando sonó mi móvil, era Paula.

—Hola, guapísima. ¿Llevas puesto el *outfit* novia de estrella del *rock*?

—Sí, pero me veo algo...

—Maciza... Ahora los labios rojos como te dije.

—Voy a parecer Olivia Newton John en *Grease*. ¿No crees que es excesivo?

—Leo, nena, confía en mí, vas a estar preciosa, es sábado, vas a un concierto, estás de vacaciones. Esa ropa estaba en tu armario muerta de risa esperando un evento como este. Si no me haces caso, me voy a enfadar...

—Claro, y tú lo vas a saber, como tienes un espía entre nosotros...

Parecía que a Paula ya no le apetecía continuar la conversación, así que, entre mis prisas y las suyas, colgué para bajar a recepción. Finalmente, me pinté los labios de rojo siguiendo su consejo y es cierto, me sentaba bien. «Voy a dejar salir a mi otro yo esta noche», me dije a mí misma.

Cuando estaba cerrando la puerta y metiendo la tarjeta de la habitación en el bolso, me di cuenta de que Jorge me esperaba apoyado en el quicio de su puerta.

—¡Casi me matas del susto de nuevo!

—Hola, con esos labios no te voy a poder besar sin levantar sospechas —dijo resuelto como si nada.

Me cogió de la mano y nos metimos en el ascensor, uno frente al otro y sin poder parar de mirarnos. Mi pulso estaba acelerado. Jorge me examinaba de arriba abajo y la verdad es que yo también le estaba haciendo un escáner disimuladamente: pelo estratégicamente despeinado, barba de tres días arreglada, menos ojeras y los ojos brillantes como un gato. Llevaba puesto unos vaqueros ajustados, unos botines, una camiseta blanca y una levita de estilo militar, y sus labios, sus labios... Lo hubiera besado, la verdad.

Llegamos al *hall*, Javi nos metió prisa, parte del equipo ya se había ido, había dos coches en la puerta para el resto y algunos fans esperando, nos dividimos en los coches, pero no me tocó ir con ninguno de los hermanos.

Desde el hotel al Palau San Jordi eran solo unos kilómetros, al llegar allí, me fui a una sala con parte del equipo donde estaban montando el *catering* y rastreé con la mirada buscando a alguno de los dos hermanos sin éxito. Me sentía un poco rara con gente que apenas conocía, pero me adapté a la situación. Unos minutos antes de empezar el concierto, apareció Javi buscándome.

—Perdona, Leo, nos separamos y no me ha dado tiempo venir a buscarte antes, sígueme, Jorge quiere verte antes de salir.

Entré al camerino y nos dejaron solos.

—Estoy como un flan, aforo completo, Barcelona es un público exigente y crítico. Tengo la sensación de que algo va a ir mal ¡ayúdame! —Hablaba rápido, atropellando las palabras.

—Tranquilo, solo repítete a ti mismo que todo va a ir bien. Conoces lo que significa la profecía autocumplida, ¿verdad?

—Sí.

—Pues deja de decir cosas negativas, lo vas a hacer genial o ¿crees que voy a venir hasta aquí para ver una mierda de concierto?

—Gracias, me relaja mucho escucharte, pero también lo haría besarte.

—Ya sabes que no puedes, mira mis labios rojos, ¿quieres salir maquillado al escenario?

—Mierda, al menos abrázame.

Nos abrazamos, de nuevo le susurré que todo iba a ir bien, pero justo Javi interrumpió la escena y entró al camerino con la *road manager*, que con poca simpatía se llevó a Jorge al escenario, alcancé sus ojos al separarnos y le susurré «mucha mierda» mientras seguía a Javi al *backstage*.

—No sé qué le has dicho o qué haces, pero estaba descompuesto y ha salido ligero como una pluma —me dijo Javi.

—Ya te dije que necesitaba ayuda, yo no soy especialista, no voy a estar en todos sus conciertos.

—Estamos en ello, pero gracias, con ser su amiga haces bastante, no quiero ni pensar cuando se entere de que eres su «medio cuñada».

—¿Le va a molestar?

—No, le va a encantar.

El concierto empezó, había mucho ruido, pero Jorge los amansó, como no podía ser de otra forma empezó a tocar en acústico *Mediterráneo* de Serrat. Me puso la piel de gallina, estaba a punto de llorar. Jorge tiene una sensibilidad y una forma de cantar especial, es como si acariciara las palabras. Empezó a darme vueltas en la cabeza el beso de anoche en la terraza, su confesión en el ascensor «con esos labios no te voy a poder besar», su mensaje al móvil «tengo muchas ganas de verte» y mis ganas de besarlo en el ascensor y en el camerino.

Después Jorge continuó el concierto con sus canciones, por supuesto incluyó en el repertorio mi favorita, *Despierta*. Pero como me prometió, no cantó la que había escrito sobre mi historia de la infidelidad, pues, aunque era un tema bellísimo, aún no estaba preparada para escucharlo. Como siempre hace, incluyó versiones de canciones de otros artistas a los que admira.

En el descanso del concierto, entró al *backstage* a descansar y beber agua. Le vi buscándome entre la gente y se acercó.

—¿Te está gustando?

—Casi me desmayo con la primera. Por favor, no bebas agua fría tan rápido, mejor del tiempo.

—Gracias, y ahora, agárrate.

—¿Por?

—Ahora lo sabrás, no quieras fastidiar la sorpresa.

La banda salió al escenario y comenzó a sonar más roquera. Jorge salió corriendo del *backstage*, haciéndome un guiño, accedió al escenario, cogió el micro y se dirigió al público.

—Esta canción es de unos granadinos como yo, a los que admiro. Quiero dedicársela a una persona, que todavía cierra las ventanas del balcón, pero espero reunir la valentía suficiente para dar con el camino adecuado, encontrarnos y que deje la ventana abierta para mí.

Hizo un gesto a la banda y empezaron a tocar *Mil calles llevan hacia a ti* de La Guardia. Obvio que la persona a la que se la dedicaba era yo, era la canción que me había susurrado la noche anterior. Tras la primera estrofa, dejó que el público la cantara y él se giró hacia el *backstage*, yo estaba rígida junto a Javi, pero se me ocurrió lanzarle un beso. Javi le hizo el gesto con la mano de darle azotes y Jorge nos respondió guiñando un ojo y volvió a tocar y cantar con la banda.

El concierto finalizó, fue un éxito absoluto, Jorge salió del escenario, estaba completamente empapado y un asistente le ofreció agua fría, él la rechazó: «Demasiado fría, me jode la garganta, mejor del tiempo». Con su mirada puesta en mí le arrastraron al camerino, donde tenía varios compromisos con periodistas y algunas personas que querían saludarlo y pedirle fotos. Javi se fue tras él, pero antes me avisó de que la fiesta era en su *suite*, que me fuera con los músicos y que allí nos encontraríamos.

Me fui al hotel en uno de los coches del equipo, pero primero pasé por mi habitación, me apetecía estar sola y reflexionar unos minutos. Llamé a mis padres y después a Paula, la cual estaba de guardia, pero me atendió cinco minutos.

—Paula, estoy hecha un lío, me gusta Jorge y creo que yo también a él, pero no me puedo complicar la vida, ahora no.

—Y qué es la vida, la vida es una sucesión de complicaciones que hay que ir resolviendo —me aconsejó Paula.

—Lo sé, pero yo soy pragmática, sencilla, sosa, aburrida...

—Y gilipollas. Piensa menos, pásatelo bien en la fiesta. Vive el presente, nadie sabe qué es lo que nos deparará el futuro, eso solo nos genera ansiedad. No olvides que te quiero y siempre estaré a tu lado.

Seguí el consejo de Paula y me fui a la fiesta, la cual ya había empezado, aunque sin rastro de los hermanos Álvarez. Puse mi mente en modo fiesta de la Facultad de Medicina. Piqué algo del *catering* porque estaba hambrienta y me tomé un par de cervezas. Me estaba impacientando porque Jorge no volvía y para matar el tiempo empecé a integrarme con parte del equipo que ya había conocido esos días, me encantaba escuchar sus historias y estaban eufóricos tras el concierto.

Javi llegó primero, nos dijo que Jorge estaba duchándose y cambiándose en la habitación. En ese momento ya me sentía más aliviada, y la verdad es que me había integrado bien. Entablé conversación con el batería, Hans, un chico mitad holandés mitad madrileño, con pinta de haberse escapado de la serie *Vikingos.* Era muy extrovertido y enseguida me puso al día de su vida, era un tipo interesante, me contó su experiencia con otros artistas con los que había tocado, todos los países que había conocido pese a ser tan joven y no voy a negar, Hans era un tipo muy atractivo.

De pronto apareció la estrella, estaba muy guapo, recién duchado, camiseta negra, vaqueros y deportivas. Todos le aplaudieron, incluida yo, y empezó a saludar al equipo. En ese momento no le quise molestar y me quedé en segundo plano hablando con Hans.

El batería también se mostraba interesado en mí, lo había dejado intrigado en la comida con lo de que era médico y no tardó en soltar el típico: «No tienes pinta de médica, eres muy sexi». Me hacen gracia esos comentarios, los estereotipos, aunque supongo que todos los tenemos. Por ejemplo, es muy frecuente que pensemos que un artista se pone hasta arriba de drogas o es muy excéntrico o vive en una casa lujosa.

La fiesta siguió animada, pero sin desparramar, algunas personas se fueron yendo y nos quedamos un grupo más íntimo. Hans pidió una guitarra, esto es curioso y siempre suele suceder en las fiestas en las que se reúnen músicos y artistas. Empezó a afinar la guitarra y los pocos que quedábamos en la fiesta le rodeamos, tocó varias canciones, era buen músico y la cosa se animó.

—Doctora —dijo Hans dirigiéndose a mí—, dime un grupo o una canción que te guste, que no sea Jorge...

—¿Juanes?

Hans, pensó unos segundos y comenzó a tocar *Mi fotografía*, me miró y me invitó a que lo acompañara si me la sabía. No sé por qué, si fueron las cervezas de más, pero me solté y le canté la segunda voz. No soy cantante, pero tengo buen oído y no desafino, así que sonó bonito. Jorge no me quitaba ojo. Al acabar de cantar me felicitó.

—No sabía que se te daba bien cantar, Doc. Eres una caja de sorpresas.

—Bueno, tanto como cantar. —Reí—. Es que nunca me lo has preguntado —dije misteriosa.

La fiesta ya daba su fin, Javi le pidió la tarjeta de la habitación a su hermano porque estaba agotado.

Hans se acercó a mí y me susurró al oído:

—Doctora, se hace tarde, estoy cansado. Me ha gustado conocerte y he pensado que a lo mejor te gustaría tomar la última copa en mi habitación.

—Gracias Hans, pero prefiero irme a dormir a «mi habitación». —Y subrayé *a mi habitación.*

En ese momento, Jorge se acercó y también intervino en la conversación.

—Perdón, no quiero interrumpir nada, ¿te puedo robar un ratito a Leo? —dijo con ironía.

—Sí, claro, yo ya me iba —dijo Hans—. Hasta mañana, Leo. —Me dio dos besos y me susurró su número de habitación al oído.

—¿Te apetece salir a la terraza? No he podido estar a solas contigo en toda la noche —me dijo Jorge.

—Sí, voy a coger la chaqueta, espérame fuera.

Al salir, me esperaba serio apoyado en la barandilla, mirando la ciudad.

—Joder con el puto Hans, lleva toda la noche pico y pala —dijo Jorge un poco molesto.

—Ya ves... —dije coqueta.

—No sabía que cantaras tan bien... ¿hay algo que no sepas hacer?

—Ser más simpática.

—Pues a Hans le has caído bien, demasiado bien diría yo. Hasta te ha susurrado algo al oído...

—Sí, su número de habitación —dije riéndome.

—¿En serio? Joder, parecía tonto... ¿Y qué vas a hacer?

—Le he dicho que me gusta más esta, que tiene piscina.

—Chica lista. —Jorge miró hacia la habitación y comprobó que se habían ido todos—. Nos hemos quedado solos, ¿hacemos una travesura?

—Depende —dije misteriosa.

—¿Nos bañamos en la piscina? Me han dicho que el agua es caliente, ¿a que no hay huevos? —dijo Jorge retándome.

«No hay huevos», eso activó mi lado más salvaje, es la frase que usamos Paula y yo para retarnos, porque las mujeres también tenemos huevos. Me cercioré de que no había nadie en la habitación, acepté la propuesta y me empecé a desvestir mientras Jorge hacía lo mismo, hasta quedarnos ambos en ropa interior. Menos mal que llevaba algo parecido a un conjunto formado por un sujetador y tanga negro sin encajes ni transparencias. Jorge llevaba un calzoncillo negro tipo bóxer. Nos metimos en el agua y empezamos a salpicarnos, ¡joder, estaba helada!

—Una mierda caliente, me has engañado, tengo los pezones como estalactitas.

—Me has dicho que es bueno el agua del tiempo ja, ja, ja. Abortamos plan, vamos a por los albornoces del baño.

Salimos corriendo por la habitación directos al baño de Javi y mojando todo a nuestro paso, nos pusimos los albornoces y observamos que la habitación era un desastre después de la fiesta y de nuestra trastada.

—Tengo que ir a cambiarme a mi habitación, estoy helada.

—Pues yo no tengo habitación, Javi se debe haber quedado dormido o está teniendo sexo telefónico con su novia. Invítame a la tuya y saqueamos el minibar.

—No quiero beber más y no quiero hacer gasto del minibar —le dije seria.

—El contenido del minibar está incluido en el precio de la habitación, no tiene solo alcohol, además tiene unas chocolatinas bestiales.

—¿Has dicho chocolate?

Salimos corriendo de la habitación en albornoz y con la ropa en la mano. Jorge se llevó como obsequio una botella de cava aún sin abrir y nos fuimos «supuestamente» sigilosos por el pasillo hacia mi habitación. Esas son las consecuencias de hacer una trastada con una copa de más, mientras tú estás pensando que el plan es lo más, la realidad es un auténtico desastre. Estábamos haciendo más ruido que un elefante en una cacharrería.

Llegamos a la puerta de mi habitación y mientras buscaba mi tarjeta, Jorge hacía algo parecido a patinaje en el pasillo, de forma que resbaló y aterrizó contra mi espalda, aplastándome contra la puerta que se estaba abriendo.

—¡Chis! Estás haciendo un ruido que te cagas —le susurré.

—Perdón, menudo golpe te he dado en la cabezota.

En ese momento, me acarició la cabeza para buscarme el golpe, nos miramos a los ojos, cerré la puerta de un portazo y sin mediar palabra nos empezamos a besar apasionadamente. No tardé en desprenderle el albornoz y en acariciar su pecho mientras continuaba besándolo. Jorge también me quitó el albornoz, mientras como en un baile nos deslizábamos hacia la cama.

Una vez en la cama, no podíamos parar de besarnos y de acariciarnos, mi piel estaba erizada, todo mi cuerpo temblaba, pero no de frío.

—No tiembles, no vamos a hacer nada que tú no quieras —me dijo preocupado.

—Claro que quiero, es más, lo deseo, pero estoy nerviosa.

—Yo también.

—Supongo que no has usado los condones de regalo del hotel —me dijo Jorge mientras corría hacia al baño.

—No sabía ni que había, creía que era una cajita con discos de algodón como en otros hoteles...

Reímos a la vez y nos fuimos guiando con nuestras miradas y nuestro tacto. Jorge se desprendió de mi ropa interior mojada y empezó a besar todo mi cuerpo, haciendo que yo me estremeciera y le deseara cada vez más. Igualmente, sus manos me recorrieron por completo y, cuando me sostenía la cabeza enredando sus dedos en mi cabello, nos miramos fijamente y no fueron necesarias las palabras, afirmé con mis ojos que era el momento y a partir de ahí los únicos sonidos que salieron de nuestra boca fueron jadeos, gemidos y algún grito de pasión. Acabamos exhaustos, la cama totalmente revuelta y nuestros cuerpos enredados entre sí.

—No soy mucho de comentar, pero ha sido... —Jorge fue el primero en decir algo.

—Cállate, me da vergüenza...

—Eso me encanta de ti, ¿me dejas quedarme a dormir?

—¿Dónde ibas a dormir si no?

Después de pasar por turnos al baño, me puse unas braguitas y la camiseta del pijama. Jorge secó como pudo su calzoncillo con el secador, cerró las cortinas porque estaba amaneciendo y se acostó a mi lado, abrazándome por la espalda y aspirando mi olor. Nos dormimos enseguida profundamente como dos bebés.

Capítulo 11: Lady Madrid

Me desperté por el ruido de alguien aporreando mi puerta, me asusté mucho, no sabía ni dónde estaba, me froté los ojos, retiré el brazo de Jorge que atrapaba mi cuerpo contra el colchón y salí corriendo con la poca ropa con la que había dormido. Era Javi, con el ceño fruncido:

—¿Qué hora es? —le dije, frotándome los ojos.

—Las dos. ¿Está mi hermano contigo?

—Sí, sí, ha dormido aquí, te llevaste la tarjeta de su habitación y no quería despertarte y la tuya se quedó hecha un desastre —me excusé.

—Menudo escándalo armasteis.

—¡Uf! —No me salían las palabras.

—Toma su móvil y su tarjeta de la habitación, a mí me han dado una copia de la mía que os dejasteis dentro. Menos mal que hay servicio de habitaciones. —Me guiñó el ojo y se alejó por el pasillo.

Volví a la cama, donde Jorge se estaba desperezando. Parecía un niño pequeño dormido, estaba más despeinado que nunca, abrió los ojos y tiró de mí hasta tenerme de nuevo entre sus brazos y besarme.

—Era tu hermano, me ha dado tu móvil y la tarjeta de tu... —De nuevo me besó para no dejarme hablar...—. Dice que la liamos anoche, que se escuchó todo.

—No me extraña, gritas mucho.

—Ya, no tiene nada que ver que tú patinaras por el pasillo y que te empotraras contra mi puerta.

—Vale, vale, tú fuiste una santa, y ahora ¿qué quieres hacer?

—¿A qué te refieres?

—¿Qué hacemos hoy?

—Tenemos que hablar...

—Odio esa frase. Yo te propongo otra cosa: voy a mi habitación a por ropa y mis cosas de aseo, pedimos algo de comer y pasamos todo el día aquí, juntos, sin salir de la habitación. Hablaremos de todo lo que quieras, veremos la tele, tus fotos de ayer, hacemos el amor tres o cuatro veces más, pero con una sola condición, que vayas así vestida todo el día.

—¿Siempre eres así de convincente? ¿Un día entero sin hacer nada en una habitación de lujo? Vale, pero hablamos.

Pues así fue nuestro día, ma-ra-vi-llo-so, como diría la Pantoja. Lo primero que hizo Jorge fue poner el teléfono en silencio y pedimos ceviche de salmón para comer y agua, mucha agua, porque estábamos sedientos. Tras comer, nos duchamos juntos, hicimos el amor de nuevo y nos tumbamos en la cama a ver mis fotos. El sueño nos venció y nos adormecimos, pero solo fue una minisiesta, porque cuando abrí los ojos, Jorge estaba acariciándome y no pudimos frenar las ganas de hacerlo de nuevo.

Ya eran las siete de la tarde y nos acurrucamos a hablar al fin. Le expliqué mis miedos, porque lo que acaba de pasar con él se salía mucho más allá de mi zona de confort, tenía miedo de perderlo como amigo, de que me complicara la vida y de enamorarme de él.

—¿Y si te digo que me pasa algo parecido? Lo que pasa es que yo ya estoy enamorado de ti, ¿me sacasteis sangre o me inyectasteis algo? —dijo riéndose.

—Tienes un don para la palabra de la hostia.

—Y tú muy mala boca y muy malos pelos, hoy ni te has peinado.

—Tengo pelos de «recién follada».

—Pues solo queda un condón...

—Venga, ahora en serio, ¿qué va a pasar mañana? —insistí.

—Yo no tengo una bola de cristal para ver el futuro, voy planeando a corto plazo. Te explico si quieres mis planes: tú vuelves a Madrid y yo me voy a Valencia donde tengo concierto el jueves, después concierto el sábado en Sevilla y el viernes siguiente acabo la gira en *Graná*. Pasaré el fin de semana en casa con la familia, preparo las maletas y vuelvo a Madrid. El lunes, estaré en la puerta de tu casa y espero que me abras.

—¿Y si no te abro? —le dije provocándole.

—Pues soplaré y soplaré y tu casa derribaré...

—Eres gilipollas...

—¿Pero me has entendido o te lo digo más claro? Me gustas, quiero estar contigo, quiero que lo intentemos y es un momento ideal, voy a pasar en Madrid mucho tiempo: componer-grabar-tele-publicidad-fotos, muy monótono, pero entremedias TÚ.

Sonaba todo tan bien, tan bonito como una de sus canciones de amor, tanto, que le quise creer, le creí y me dejé llevar.

Como le prometí, pasamos todo el día juntos en la habitación, pedimos la cena, dejé hecha la maleta y nos acurrucamos a ver Netflix en mi cama. Parecía un sueño del que no quería despertar. A veces necesitamos soñar y más si los sueños son bonitos.

Al acabar la película, seguimos hablando de nuestras intimidades, nuestras vidas, mi residencia, mis sueños, su música, sus sueños. No parecía tan difícil encajar el uno en el otro. Además, nos atrevimos a jugar a las confesiones, Jorge fue el primero.

—Voy a confesar lo que me gusta de ti. Me gusta tu pelo, tu piel, tu nariz pequeña y respingona, tus pies helados y tus tetas pequeñas pero firmes y sin silicona.

—Vaya...

—Espera, aún no he acabado. Lo que más me gusta, aunque ya te lo he dicho antes, es que puedo confiar en ti, me encanta tu calma al hablar, pero también tu lengua mordaz. Ah, y tu acento madrileño.

—Pues yo creía que era neutro.

—Qué va, eres mi *Lady* Madrid. Por cierto, ahora te toca.

—Me chiflan tus ojos de gato, tus remolinos en el pelo, tu cara de niño malo y tu culo prieto —le confesé con cierta vergüenza.

—¿Ah, sí? —dijo insinuante, intentando besarme.

—Ahora no me interrumpas tú a mí... Me encanta tu voz susurrante, tu sensibilidad, que me sigas el juego cuando me meto contigo, tu sentido del humor y tu respeto a la intimidad. Bueno, aunque anoche perdimos bastante la compostura.

—No puedo seguir hablando, ¿por qué me has recordado lo de anoche? ¿Cómo decías que tenías las tetas? ¿Cómo estalactitas o estalagmitas? Vaya forma de ligar conmigo.

—Y me lo dice el que tiene que esperar a tener competencia para lanzarse.

—Hans es un pedazo de... —dijo riéndose.

—Músico... —maticé.

—Sí, se puede tener más morro e intentar ligarse a mi invitada. Es un tío de puta madre y no le culpo, eras la tía más interesante de la fiesta, pero hostia... Si llegas a aceptar, me muero allí mismo.

—Es mono, pero no es mi tipo, me gustan los que saltan vallas, se meten a una piscina helada y patinan por los pasillos...

Entonces se abalanzó a besarme, primero despacio, suave, para no dejarme hablar y provocarme la risa. Después los besos fueron más profundos hasta quedarnos sin aire, quitándonos la poca ropa que llevábamos. Jorge se quedaba fijo mirándome y se deleitaba con cada caricia como si quisiese hacerlo eterno, hasta que nuestro pulso e impulsos se aceleraron y lo hicimos por última vez en ese día, para acabar de nuevo enredados, con la cama revuelta, mi pelo sobre la almohada y sus manos recorriendo mi piel mientras yo trataba de cubrir mi vergüenza con las sábanas.

—No te tapes, te va a dar igual, tengo mil fotogramas grabados en mi mente.

—¿Todas estas frases se te ocurren así o tienes una base de datos y pinchas en «qué decir después de un polvo»?

—Soy artista... de todo lo que ha pasado hoy, saco una canción.

—Esa me gustará más —le dije besándolo.

Nos dormimos, no sin antes poner el despertador, yo no podía perder el vuelo y él tenía que recoger con el equipo y hacer acto de presencia. Ambos temíamos lo que nos dijera Javi al día siguiente.

Capítulo 12: Lunes

No me gustan los lunes y menos ese, no me apetecía madrugar y a Jorge tampoco, remoloneamos entre las sábanas un rato, nos besuqueamos, pero teníamos que espabilar y reaccionar, así que me levanté, corrí a la ducha y Jorge salió corriendo detrás de mí:

—Solo ducharnos para ahorrar agua y tiempo, te lo prometo —dijo, haciéndome un gesto de súplica con las manos.

Sí, cumplió su promesa, pero no fue por falta de ganas. Terminamos de ducharnos y nos empezamos a arreglar juntos en el baño, que por otra parte era gigante. Me vestí con la ropa que había dejado fuera de la maleta y Jorge con la ropa que había traído de su habitación, pero que no había usado. Vi como cogía mi camiseta del pijama y la examinaba.

—No es de firma —le advertí.

—Y qué más da, pero la quiero.

—¿Por?

—Para acordarme de ti y de tu olor, no es fetichismo, o sí, no sé, ¿me la regalas?

—Si me la cambias por una tuya, la negra que llevabas anoche me sirve de pijama y valdrá un pastón cuando ganes un Grammy. —Me reí.

—Hecho, soy fácil de convencer —dijo mientras me lanzaba su camiseta.

Terminé de recoger la habitación, lo acompañé a la suya y nos despedimos allí en la intimidad antes de bajar al *hall* del hotel donde estaría Javi y parte del equipo. Nos besamos, nos abrazamos y se nos escapó algún suspiro. Después fuimos al *hall* y efectivamente ya nos estaban esperando. Estaba previsto que la *road manager* me llevara al aeropuerto. Hice una ronda de despedida, para terminar en Javi, el cual me abrió los brazos para abrazarme y me susurró al oído: «La que has liado, pollito». Me aparté un poco para hablar con él.

—Por qué dices eso... No soy una lagarta.

—No, eres un pollito y no estoy enfadado, estoy contento por saber que estáis juntos.

—Uf, vale. Cuídalo, por favor.

—Como tú cuidas de Paula.

—Gracias.

Helen, que así se llamaba la *road manager* de la gira, me llevó al aeropuerto, no era muy habladora y yo tampoco lo soy con los desconocidos, así que fue un silencioso viaje, no sé por qué tenía la sensación de que yo no le caía muy bien, pero eso no me preocupaba.

Me dejó en una zona de parada para viajeros y, tal y como hice a la ida, me fui directa a la zona de embarque. Antes de subir al avión mandé un mensaje a mis padres, otro a Paula para que me recogiera en Madrid y por último escribí a Jorge.

Leo: Voy a embarcar, te espero en Madrid soplando en mi puerta.

Jorge: Feliz vuelo, bonita, si no me abres tengo un amigo bombero.

Llegué a las tres a Madrid, suerte que Paula librara el lunes, porque no me apetecía nada que vinieran mis padres a buscarme y tener que dar excesivas explicaciones. Les había contado lo del viaje, pero con medias verdades, un escueto «me voy con amigos». Mis padres ya me conocen, saben que soy introvertida y la mayoría de las cosas se las sonsacan a Paula.

Pero Paula... Con ella no puedo, es peor que un agente del FBI, pregunta, me acusa e insiste hasta que consigue sonsacarme la información, claro que, a una amiga, a una hermana, cuesta menos contarle las cosas que a tus padres, especialmente si ella también está implicada en el suceso.

Así que nada más montarme en el coche, inició el interrogatorio, como me dolía un poco la cabeza, le hice un resumen, breve y conciso:

—Sí, hemos follado como si no hubiera un mañana en la *suite* de un hotel. No me ha pedido matrimonio y que deje todo por él. Sí, estamos juntos y vamos a seguir viéndonos cuando acabe la gira.

—Lo primero ya lo sabía. No se puede hacer tanto ruido en un hotel a las cinco de la mañana.

—Vaya con Javi... Entonces ya no me vas a seguir ocultando que estáis juntos, además él ya me lo ha confirmado.

—Es que no me preguntaste lo suficiente. Madre mía, esto es como de cuento, dos hermanos y dos hermanas.

—Sí, siete novias para siete hermanos, peliculera.

Fuimos a mi casa, era lunes y nuestra cita semanal para cenar. Le conté con más detalles el viaje y mi relación con Jorge en esos días, pero sin dar detalles íntimos porque soy cortada para hablar de ciertos temas. Paula alucinaba con el ligoteo con el batería (que no fue a propósito) y el baño en la piscina.

—Si me pinchas no sangro... —suspiró Paula.

—No me lo creo ni yo, pero tienes razón, en estos quince días tengo que renovar mi ropa interior y mis pijamas.

—Y las sábanas, no te olvides...

Capítulo 13: Días, horas, minutos

«Solo serán quince días, trescientas sesenta horas, veintiún mil seiscientos minutos...». Es lo que me escribió Jorge en el primer mensaje del lunes que nos despedimos. «Es el tiempo que tenemos que esperar para vernos». Y cada día me mandaba un mensaje, restando lo que faltaba.

No se me hizo largo, los días pasaron volando con la rutina del trabajo y, gracias a las largas charlas telefónicas que teníamos cada día, se nos hacía más llevadera la distancia. Además, tuve mucho trabajo dado que cambié algunas guardias para tener días libres acumulados, así que iba de casa al trabajo. Jorge me mandaba fotos cada día, videos de los conciertos y mil besos virtuales, su entusiasmo era contagioso, sus llamadas, audios y mensajes eran geniales, salvo el día que me llamó un poco mosqueado porque ya estaba al corriente de la relación entre Paula y Javi, aunque no le duró mucho el enfado.

—Lo siento, no podía decírtelo, estaba bajo amenaza de Javi —le dije entre risas.

—Te perdono, lo entiendo. Pues aprovechando la coyuntura, le he contado a mi madre lo nuestro.

—¿No crees que es muy pronto? Yo aún no le he dicho nada a mis padres. Ya sabes que soy muy reservada.

—No pasa nada, es que Javi y yo tenemos una relación muy especial con nuestra madre. Le ha hecho mucha gracia. Nos llama dobles parejas y dice que hagamos un grupo de WhatsApp con ese nombre. Tiene mucha gracia la *jodía*.

A mí me seguía pareciendo muy pronto para contárselo a su madre, pero no me meto en cómo se relaciona cada uno con sus padres y en el fondo era una demostración de que nuestra relación era importante para él.

Los días continuaron sin sobresaltos, hasta la visita sorpresa de Miguel al hospital. Como es típico en él, pasó un día por allí para fardar de su trabajo, de la pasta que ganaba y de todas las famosas que conocía porque iban por su clínica para hacerse retoques. Los compañeros me avisaron de que estaba por allí con el cuento y yo traté de no encontrarme con él, en cambio, él andaba en mi búsqueda, hasta que dio con Paula y conmigo en la cafetería.

Como si nada, Miguel se sentó en nuestra mesa y nos pagó los cafés. Paula no lo soportaba, nunca le había gustado, ni siquiera al principio de nuestra relación. Evitaba hacer planes con nosotros como pareja y solo quedaba conmigo a solas, por eso establecimos los lunes para estar juntas.

Al principio intentó hacerse el simpático con nosotras, como si no hubiese pasado nada, en plan colega, preguntando por nuestros padres, nuestro trabajo, etc. Nosotras le respondíamos con «bien», «sí» y «no». Después pasó a contarnos, sin que le preguntáramos, lo bien que le iba, lo contento que estaba con su trabajo y que la clínica le pagaba muy bien. Como no le hacíamos mucho caso, ni nos notaba entusiasmadas, pasó a vacilarnos, como tenía por costumbre, solo que ahora no tenía gracia para mí.

—Os puedo hacer precio en mi clínica para poneros tetas, que andáis las dos escasas —nos dijo Miguel socarrón.

—No, gracias, estar plana está de moda —contestó Paula sin mirarlo a la cara.

—Yo es que ya tengo quién me las toque y le gustan así —le contesté y Paula saltó de la silla al oírme.

Conocía muy bien a Miguel y noté como se encendía, había perdido la costumbre de mis contestaciones bordes y él ya no era mi punto débil.

—Como eres tan chulita, recuerda que me debes tres mil pavos de la entrada del piso y que tienes cosas que devolverme —dijo subiendo el tono y levantándose de la silla.

—Dame una dirección para enviarte tus mierdas y tu número de cuenta para hacerte el ingreso —le dije muy serena.

Miguel apenas me dejó finalizar la frase y ya se estaba alejando, echando humo por las orejas y pestes por la boca. La verdad es que me había venido arriba con mi comentario, porque andaba fatal de pasta, me quedaba un mes para terminar la residencia en el hospital y tenía un dinerillo ahorrado que no quería gastar, por si no me salía trabajo rápido.

—Leo, muy bien contestado. Veo que lo estás superando —me apoyó Paula.

—Sí, pero he sido muy lanzada, demasiado. No es que no supiera que tenía que devolvérselo, pero como había pasado más de un año y no sabía nada de él, lo estaba dejando pasar. Me viene fatal ahora soltar 3000 euros, la verdad.

—Yo creo que no le debes nada. Él perdió ese dinero el mismo día que te dejó tirada.

—Hablaré con mis padres para que me hagan un préstamo. Pero se van a enfadar y poner tristes a la vez.

—Yo te lo puedo prestar si no quieres contárselo a tus padres. —Rápido se ofreció Paula como ya me imaginaba.

—No, no, se lo digo esta misma semana, es mejor zanjarlo ya y pagarle el dinero al imbécil de Miguel y espero que me deje en paz.

Ese mismo día cogimos las cosas del trastero, las metimos en el coche de Paula, las dejamos en casa de un amigo de Miguel y le mandé un mensaje para decírselo.

Leo: Te he dejado las cajas con tus cosas en casa de Luis.

Miguel: Muy bien, ahora la pasta. Ahora te paso mi número de cuenta o si prefieres quedamos y me lo devuelves en efectivo.

—¡Qué pesado! Si según él está forrado, qué manera de querer seguir en tu vida dando la lata —dijo Paula muy cabreada.

—El lunes no, porque he quedado con Jorge, pero el martes sin falta voy a comer con mis padres y se lo cuento. No habrá problema, lo que pasa es que aún les debo los otros tres mil euros que puse yo para la entrada. Ser pobre es una mierda.

—Yo aún les debo parte de la matrícula de la universidad, lo tengo anotado en una agendilla de Hello Kitty que me regalaste.

—No sé por qué, pero creo que no van a querer cobrar la deuda, por eso no quería pedirles esto ahora.

—Pues entonces, cuando estemos más desahogadas, les podríamos regalar un viaje de ensueño con todos los gastos pagados —me propuso Paula.

—Hecho.

El domingo, bueno, ya lunes por la mañana, salí de la guardia reventada, me duché, me lavé los dientes, cerré todas las persianas, puse en silencio el móvil e hiberné como una osa. Me desperté a las dos de la tarde y tenía una llamada perdida y varios mensajes de Jorge.

Jorge: Perdón por la llamada, justo cuando te llamaba caí en la cuenta de que estarías dormida. Solo era para decirte que llevo yo la cena, aunque me apetece más comerte a ti. Estaré sobre las siete en tu casa.

Me desperecé, miré la nevera y de nuevo la tenía prácticamente vacía, me puse ropa cómoda para bajar al supermercado y comprar al menos fruta, yogures y algo de bebida. Esperando en caja y ojeando el móvil, vino a mi cabeza que era lunes y que iba a dejar tirada a Paula, la pobre no me había dicho nada, con las guardias y con la movida de Miguel había perdido la noción del tiempo. Llamé por teléfono a Paula para avisarla y no me cogió la llamada, así que llamé a Jorge, como tampoco me contestaba, le escribí.

Leo: Me acabo de dar cuenta de que es lunes y, aunque Paula no ha dicho nada, es nuestro día y no me gusta romper las tradiciones, ¿y si lo cambiamos para mañana?

Jorge leyó mi mensaje, pero no me contestó, es posible que le pareciera una excusa para no quedar. Pero no era así, quería estar con los dos y, aunque me moría de ganas de volver a ver a Jorge, no quería fallar a Paula por un tío. No la quité su espacio cuando estaba con Miguel y no lo iba a hacer ahora.

Cuando estaba en casa colocando la compra me escribió Paula:

Paula: Hola, chocho, no lo he oído, estoy comiendo con un par de hermanos buenorros, pero a uno de ellos le ha dejado tirado su chica. La verdad es que no lo logro entender y a mí montármelo con dos, como que no me va.

Leo: ¿Estás aún con ellos?

Paula: Sí, y le has dejado hecho polvo, ¿por qué no me preguntas a mí primero si me importa anular la cita?

Leo: Te he llamado y no quería dejarte tirada.

Paula: Pues ahora, por bocas, a las siete vamos todos a tu casa, así no quedas mal con ninguno. No cocines, insisten en llevar ellos la cena.

Leo: ¿Está enfadado?

Paula: No, triste.

Joder con Paulita, sabe que nunca invito a nadie a casa y ahora me monta un evento en mi caja de cerillas. Repasé y arreglé la casa a toda prisa, cambié sábanas y toallas, encendí las luces de la terraza, puse incienso y estudié las posibilidades para que cenáramos los cuatro, pero no veía la manera. Hasta que se me ocurrió servir la cena en la mesa baja de salón, dos se sentarían en el sillón y dos en cojines enfrente, como las mesas de los restaurantes orientales.

Me fui de nuevo a la ducha, me arreglé un poco el pelo, me maquillé suave y me puse unos vaqueros y una camisa. A las siete en punto estaban llamando al portero, les abrí y los escuché trotar por la escalera.

—¡Ya estamos aquí! —anunció Paula dando voces.

—No grites, se ha enterado hasta la vecina sorda. Hola, chicos, pasad a mi mansión, ahora os atiende el servicio —dije tratando de que entraran en silencio.

—Hola, ¿no me vas a dar ni un beso? —dijo Jorge un poco serio.

—Es que no has soplado la puerta, así que no te lo has ganado, *enfadón*.

Entonces lo abracé y nos besamos mientras Javi y Paula nos hacían los coros. Los chicos venían cargados de bolsas y nos empezaron a detallar el contenido: vino, cerveza y comida cocinada por su madre y su abuela perfectamente ordenada y guardada en táperes, los cuales estaban llenos a rebosar de comida. Traían incluso natillas y un bizcocho de pasas y nueces. Todo riquísimo y además en cantidades ingentes...

—¿En vuestra casa cenáis tanto? —pregunté asustada.

—No. —Rieron a la vez los dos hermanos—. Mi madre quiere ganaros por el estómago y mi abuela dice, por las fotos, que estáis muy flacas —dijo Javi.

—No me digas lo que estás pensando —dijo Paula—. Estás a punto de entrar en colapso al saber que nos conocen por foto, yo ya lo he asumido, les han enseñado fotos nuestras de Instagram.

Después de *fliparlo fuerte* como diría La Vecina Rubia, le enseñé la casa a Javi y preparamos la mesa entre todos, mi idea les pareció genial y los chicos eligieron sentarse en los cojines. Elegimos entre los platos más ligeros y abrimos el vino. Fue una velada estupenda, rápido nos pusimos al día tras esos días sin vernos. Después Jorge puso una *playlist* en su móvil, se intercambió el sitio con Paula para poder estar juntos, cogió mi mano y no la soltó en toda la noche.

No pudimos alargarlo demasiado, ya que nosotras madrugábamos al día siguiente por lo que entre todos me ayudaron a recoger y empezaron las despedidas.

—Bueno, chicos, está siendo una noche estupenda, pero Paula y yo trabajamos mañana.

—Sí, no pasa nada, repetimos otro día que no tengáis que madrugar —dijo Javi.

—*Amore*, yo no me quedo hoy a dormir contigo, me voy con Javi a su hotel —dijo Paula.

—Sí, nos vamos los tres —rectificó Jorge.

—¡Eh! —exclamé y paré con mi brazo a Jorge en la puerta.

—Nosotros nos vamos y lo discutís a solas —dijo Paula, mientras se acercaba a darme un beso.

Me despedí de Javi, cerré la puerta y Jorge y yo nos quedamos en la entrada mirándonos.

—¿Qué te pasa?, ¿por qué no te quieres quedar a dormir? —le dije extrañada, con los brazos cruzados delante de mi pecho.

—Claro que quiero, pero no te quiero poner en un compromiso.

—Ya me conoces un poco, ¿crees que haría algo por compromiso?

—No, pero es mucha responsabilidad... —y con sorna continuó— ...estrenar tu colchón.

—No exactamente, ya lo ha estrenado Paula, el lado derecho es el suyo, pero tranquilo he cambiado las sábanas.

Nos empezamos a reír y Jorge no me dio tregua, se abalanzó y empezó a devorarme a besos mientras yo sacaba a la pantera que llevo dentro y lo arrastraba hasta la cama. Nos dimos todos los besos y caricias que nos debíamos, hice el amor en mi cama por primera vez y mereció la pena esperar más de un año para estrenarla. Como en las veces anteriores, fue genial, terminamos exhaustos, respirando entrecortadamente, pero felices.

—Veo que tenías todo preparado: toallas para mí, gel de ducha que huele a vainilla y hasta un cepillo de dientes sin estrenar. Esto es mejor que un hotel.

—Cuando me pongo soy muy hospitalaria...

Nos acostamos, puse mi despertador y, acurrucada entre sus brazos, no tardé en quedarme dormida. Pero no todo fue de color de rosas, pues, a las dos de la mañana, alguien aporreaba y gritaba en mi puerta. Nos despertamos sobresaltados, salimos corriendo y miré por la mirilla.

—Es Miguel —le dije en susurros a Jorge.

—¡Vengo a cobrar mi pasta! ¡Ábreme! —gritó Miguel, con tono de ir pasado de copas.

—Miguel, no te voy a abrir, vete —susurré.

—¡Ábreme!, que quiero conocer al capullo que te estás follando, os he oído susurrar.

—Déjame que salga, que le voy a quitar la borrachera a hostias —me susurró Jorge.

—Chis, déjame a mí. —Traté de tranquilizarlo.

—Miguel, tranquilízate, no te voy a abrir, ni va a salir nadie —dije suave pero firme y continué—: Vete a tu casa, mañana tendrás el dinero en tu cuenta, si sigues en mi puerta voy a llamar a la policía, van a venir, te voy a denunciar y no creo que te venga bien para tu trabajo, así que sé razonable y vete.

—¡Mañana, eh, puta! —me amenazó Miguel.

A Jorge le hirvió la sangre al escuchar esa última palabra, yo lo abracé en silencio para que se relajara. Esperamos unos minutos y sentimos como se apartaba de la puerta, miré por la mirilla y lo vi alejarse hacia el ascensor. Tuve que seguir conteniendo a Jorge para que no abriera y saliera tras él en calzoncillos. Hubiera sido horrible que lo hiciese, no me gustan los conflictos y además que no me parece nada sexi ver a dos tíos dándose de hostias, es más, me gusta defenderme solita. Tuve que explicar a Jorge a qué dinero se refería, la visita de Miguel al hospital y la devolución de las cajas.

—No puede ser que sea tan mierda y que esté así solo por el dinero, aquí hay algo más —dijo muy serio Jorge.

—Claro que no es por el dinero, hace un año que no sé nada de él y además le sale el dinero por las orejas. Creo que le sentó mal mi contestación y que pase definitivamente de él. Mañana le pido el dinero a mis padres y lo zanjo de una vez.

—Lo que no puedo aguantar es escuchar cómo te insulta y quedarme de brazos cruzados. Le vamos a pasar el dinero ahora mismo y más vale que no vuelva por aquí. —Jorge cogió su móvil y, pese a mis impedimentos, me transfirió el dinero a mi cuenta.

Inmediatamente después, yo hice lo mismo a la cuenta de Miguel y le mandé un mensaje:

Leo: Ya tienes tus cosas y tu dinero. Ya no tenemos nada en común, no me molestes más, no me escribas, no me llames y no vengas a mi casa. Hoy has superado tus límites.

Después lo bloqueé para que no pudiera contestarme y volvimos a la cama. Me abracé a Jorge y en ese momento me hice pequeña y me derrumbé.

—¿Por qué lloras? Lo has hecho genial, has sido muy inteligente, estoy muy orgulloso de ti, no creo que te moleste más.

—Ahora te debo dinero a ti, te he metido en este follón y tengo miedo de que vuelva —sollocé.

—Tranquila, por partes. Lo primero, el dinero no tengo prisa de que me lo devuelvas; lo segundo, me he metido yo en el lío porque tus problemas ahora son también míos, y para acabar, si tienes miedo duermo aquí todas las noches, no me va a costar un gran esfuerzo —dijo, riendo pícaramente.

Capítulo 14: Mi nuevo inquilino

A la mañana siguiente me desperté tarde, mientras tomaba un café rápido y me vestía, dejé a Jorge una copia de las llaves de mi piso y le expliqué dónde estaban las cosas.

—Si necesitas algo, llámame, ahora me voy, llego tarde...

Lo besé, cogí mi mochila y salí volando al hospital. Nunca pensé que le iba a dar las llaves de mi casa a nadie que no fueran Paula o mis padres. A mitad de la mañana me escribió para decirme que estaba todo bien, que había terminado de recoger la casa y se iba con su hermano al estudio. Por la tarde volvió a casa y trajo consigo algo de ropa y sus cosas de aseo.

Cada día Jorge traía más cosas suyas a casa: ropa, cuadernos, la guitarra y, poco a poco, yo le iba haciendo hueco en mi casa y mis armarios. Jorge apenas pisaba el hotel, justo al contrario que Paula, que ya no iba a su piso y hacía vida en el hotel.

Las cenas de los lunes se convirtieron en la cena de las «dobles parejas» y, en una de esas cenas, Paula y Javi nos comunicaron que iban a alquilar un piso juntos. Eso nos hizo plantearnos nuestra situación y no hubo discusión, pues ambos estábamos de acuerdo en que ya prácticamente vivíamos juntos.

—Entonces dejo la habitación del hotel, ¿seguro? —me preguntó Jorge.

—¿Estás seguro tú de vivir en un micropiso con la doctora Desorden?

—No se me ocurre mejor plan. Mañana traigo lo poco que me queda allí.

—Espero que esto no te asuste, pero tendré al menos que presentarte a mis padres.

—¿Miedo yo? —dijo muy chulo.

Nunca había estado tan segura de tomar una decisión así, me sentía muy cómoda con él. Jorge era casero, familiar, ordenado, divertido y apasionado. De hecho, no le importaba en absoluto conocer a mis padres, estaba deseoso de hacerlo. No es que fuera a pedir mi mano, pero él creía que era mejor hacer bien las cosas. «Si tuviera una hija querría conocer quién la ronda», es cierto, a veces parece un señor de la tercera edad cuando habla.

Así que preparamos una presentación doble y llevamos a los hermanos Álvarez un domingo a comer a casa de mis padres. Desde hace tiempo mis padres se olían algo, pero nunca imaginaron que ambas teníamos pareja a la vez, que eran hermanos y menos a qué se dedicaba Jorge. Mi padre no está muy puesto en la actualidad musical, en cambio, mi madre sí, por lo que la sorpresa fue mayúscula. La pobre estaba muy nerviosa e impresionada, pero solo hasta que vio a Jorge rebañar el plato de paella.

Admitieron que no les hacía mucha gracia que viviéramos ya juntos, pero eso era una batalla perdida. Mi padre, muy pragmático, les preguntó: «¿Y la música os da para vivir?». Entonces Javi les contó que había estudiado empresariales y que administraba la carrera de Jorge como una empresa, la cual no les iba mal, pero que tenían pensado invertir en algún negocio como plan B. Nuestros padres confían en nosotras y en nuestro criterio, se inmiscuyen lo justo en nuestra vida personal. Nos vieron felices y eso para ellos es lo más importante. Además, mi madre apreció que yo estaba más sonriente y comunicativa.

Pasado el filtro de los padres, todo siguió sobre ruedas. Yo terminé mi residencia en junio y no me costó conseguir un contrato relevo de un internista que se prejubilaba parcialmente en mi hospital. Se trataba de un contrato de cuatro años al setenta y cinco por ciento, esto quiere decir que el prejubilado trabajaba una semana al mes mientras yo la libraba.

Una de esas semanas libres aprovechamos para viajar a Granada y conocer a su familia, Paula lo había hecho unos días antes y me había abierto las puertas. En la familia de Jorge y Javi son encantadores, abiertos y dicharacheros como ellos, por lo que rápido me sentí integrada. Solo había un problema, que Jorge apenas puede salir por allí sin ser reconocido, lo cual le resulta incómodo. No es que en Madrid fuésemos de la mano a plena luz del día, pero Granada es mucho más pequeña y eso hizo que tuviera que conocer la ciudad acompañada de su madre.

—Me hubiera gustado pasear por la ciudad y conocer la Alhambra contigo, es preciosa, es un sueño —le dije tras llegar de las visitas con su madre.

—Lo haremos, te lo prometo —me dijo apenado.

Pasamos toda la semana disfrutando de grandes momentos familiares hasta que llegó el día de partir. Me hizo madrugar muchísimo y yo, como soy una dormilona y viajábamos en su coche, me mosqueé un poco.

—Es de noche, ¿no podemos esperar que se haga de día? —dije, remoloneando entre las sábanas.

—No, de eso se trata, donde vamos tenemos que llegar antes de que amanezca.

Lo seguí, me monté medio dormida en el coche, pero no cogimos las maletas. Condujo por calles estrechas, algunas empedradas, y yo sin saber aún dónde íbamos. Aparcó y anduvimos hasta llegar a una plaza, la cual estaba desierta salvo por un sintecho durmiendo entre mantas y cartones.

—Esto se llama el mirador de San Nicolás —me explicó muy emocionado—. Y es uno de los mejores lugares para ver la Alhambra. En unos minutos amanece, al atardecer tiene una luz preciosa, pero hay mucha gente. Ahora es solo para nosotros, solo unos minutos, pero es nuestro.

—¡Qué bonito! Hagámonos una foto, corre —dije entusiasmada.

Con los primeros rayos de luz, la Alhambra se iluminó y posamos con ella detrás en varias fotos: abrazados, besándonos y mientras Jorge me rodeaba con sus brazos y me soplaba la nuca para hacerme reír

—Si sé que nos vamos a hacer un reportaje gráfico, me peino —dije riéndome.

—Ya sabes que me gustan tus malos pelos.

—Y a mí tus ojeras.

—Te amo. —Y comenzó a cantar una preciosa canción de Supersubmarina—: «Sería capaz de cambiar el calendario lunar, para verte aquí en Granada un día más. Podría llegar a escalar esta montaña polar y a tu lado aterrizar. Del Veleta a Sacromonte sin mirar. Podría viajar a Graná con mi nave espacial y el paseo de los tristes alegrar. Si te pones a bailar, las estrellas nos alhambran al pasar. Siendo tan pequeño el universo, cómo pudiste caber allí. Siendo tan eterno este momento, cómo me voy a querer morir».

No solo fue la declaración más bonita de amor que había escuchado, sino también la más sincera. Mientras cantaba, sus ojos se humedecieron, mi piel se estremeció y deseaba besarlo hasta dejarlo sin aliento. Era tan bonito y tan real que no tuve ninguna duda de me quería de verdad y de que mis sentimientos hacia él eran mutuos.

Capítulo 15: El refugio

Jorge y yo encajamos perfectamente en nuestra forma de vivir, con nuestros trabajos y nuestras rutinas. Por la mañana, madrugábamos juntos, yo me iba al hospital y Jorge a hacer deporte. Al fin logré convencerlo de que tener una rutina de ejercicio físico era positivo para él, por lo que cada día iba a un centro deportivo cercano donde tenía un entrenador personal, tras el entrenamiento se daba una ducha y se iba al estudio o volvía a casa.

Se estaba esforzando muchísimo por coger buenos hábitos de sueño, alimentación y ejercicio físico. En poco tiempo, su cuerpo estaba cambiando, ganando algo de peso y masa muscular, por lo que estaba impresionante.

—Estás cada día más *buenorro*. Cualquier día sales en la portada de la revista *Men´s Health* —le dije insinuante.

—Y en la entrevista, cuando me pregunten cómo lo he hecho, diré alguna barbaridad como: el secreto está en sumar las pesas, la ensalada de quínoa y una novia que da guerra cada noche... —dijo con tono pedante.

—Tendrás valor, pero si es al revés.

—Pero te encanta...

Los días que estaba en casa, Jorge aprovechaba para componer y escribir, recogía y preparaba la comida para los dos. En cambio, cuando tenía que ir al estudio, se encerraba allí muchas horas, por lo que, si mi trabajo me lo permitía, era yo la que iba a buscarlo para comer con él o ver su trabajo. Estaba disfrutando en directo de cómo nace un disco, cómo surgen las ideas y las melodías. Admito que este disco hablaba mucho de nosotros y de nuestra historia de amor y ya no me molestaba que algo nuestro le inspirara para componer una canción.

Un día en el estudio, me convenció para que probara e introdujera una voz en una canción, yo me moría de vergüenza, pero me enredaron entre todos diciendo que solo sería una prueba y que, si quedaba bien, lo volvería a grabar una cantante profesional. Pero la canción les gustó tal y como había quedado e insistieron en dejarla así. Jorge es muy perfeccionista y sé que no lo hacía por agradarme. Insistió varios días en casa con mantener la canción con mi voz.

—Me gusta mucho cómo suena con tu voz, ya no me va a gustar con la voz de otra mujer.

—Eres muy pesado, llevas días insistiendo. Déjalo así, pero ya no me engañas en otra. Eso sí, no puede aparecer mi nombre en donde quiera que sea, te lo advierto.

—Se suele incluir en los créditos y claro que aparecerá. ¿Cuántas mujeres llamadas L. Martínez habrá en el mundo?, ¿millones?

—No.

—Hay que poner algo en los créditos, nadie va a saber quién eres y se lo podrás enseñar a tus nietos.

—Eres un chantajista emocional —dije ya convencida.

Lo que más me preocupaba de estar juntos era perder mi anonimato, eso me aterrorizaba. El *manager* de Jorge nos insistía en que, para ello, debíamos ser cautelosos y no aparecer en sitios públicos juntos. Esto podría parecer desde fuera que afectaría a nuestra vida social, pero no fue así para nada.

Siempre teníamos planes, quedábamos con amigos de Jorge en Madrid en sus casas, la mayoría músicos, así que montábamos buenas fiestas, nunca faltaba la música, la creatividad y las risas, y cualquier excusa era buena. Tampoco era todo ir de fiesta, nos gustaba hacer planes tranquilos como cenas en familia, por supuesto con Javi y Paula que seguían juntos. Seguíamos saliendo a correr por Madrid Río al atardecer e incluso íbamos al cine. Cuando íbamos, sacábamos entradas *online* para la sesión golfa y Jorge no es que fuera de incógnito, pero trataba de no llamar la atención, por lo que nunca lo reconocieron.

Lo que más adorábamos era estar en casa solos, la llamábamos *el refugio*. Nos chiflaba estar en ropa cómoda tirados en el sillón, viendo la tele, escuchando música o tan solo achuchándonos. De vez en cuando, Jorge soltaba lo que estaba haciendo y corría a por su cuaderno o a por su guitarra. Después venía dando brincos mientras lo tarareaba. La inspiración le fluía y yo me quedaba absorta escuchándolo. Decía que era su época más prolífera, que este disco sería el mejor y que en gran parte me lo debía a mí.

Por lo que sí discutíamos, al menos hasta que llegamos a un acuerdo, fue por el dinero. Bajo ningún concepto admitía que le devolviera el dinero prestado, aludía que él estaba viviendo en mi piso y se ahorraba mucho dinero en un hotel o en alquilar un apartamento. Después insistió en participar en los gastos de la casa y yo me negué, no quería sentirme una mantenida y a Jorge le repateaba que usara esa palabra. Al final, tras varias discusiones, acordamos que no le devolvería el dinero, pero que yo seguiría pagando el alquiler y los gastos, pues era mi piso. En cambio, yo permitiría que él pagara la comida y otros gastos extra como las entradas de cine, Internet y suscripciones de canales de televisión que yo antes no tenía.

Claro que Jorge aprovechó el término «otros gastos» como quiso. Por ejemplo, lo primero que hizo después de quejarse de que mi móvil estaba siempre sin batería o que mi ordenador era una patata fue comprarme lo que él llamó un «kit de supervivencia tecnológica», que consistía en un móvil, un portátil, una *tablet* y un reloj inteligente para salir a correr. Ese día me enfadé mucho con él, eso suponía más de un sueldo mensual mío, pero como es muy hábil le dio la vuelta, sacó su cuaderno y empezó a hacer números con los gastos que le hubiera supuesto estar ese tiempo en el hotel, hasta convencerme de que el regalo no superaba ese gasto.

A Jorge le encantaba tener detalles conmigo, fue muy divertido el día que lo pillé hurgando en mi cajón para saber mi talla de sujetador y regalarme ropa interior. Salvo esos caprichos, no vivíamos una vida de lujos ni hacíamos excesos. Jorge venía de una familia muy humilde y gracias a sus triunfos había mejorado la vida de la gente que lo rodeaba, por eso invirtió el primer dinero que ganó en la casa de Granada donde ahora vivía su familia. Es cierto que tenía un buen coche y que podía permitirse muchas cosas, pero nunca derrochaba. Me decía que era justo que ahora su éxito revirtiera también en mí, porque era la culpable de ser su fuente de inspiración.

Llegó el verano y nos quisimos escapar de vacaciones, para lo que teníamos que buscar un destino íntimo. Yo no estaba dispuesta a consentir que Jorge gastara una millonada en nuestras primeras vacaciones, porque este gasto entraba en el apartado de Jorge muy a mi pesar.

—Metamos en un sombrero el nombre escrito de varios destinos que nos apetezca conocer. Así el azar elegirá por nosotros —propuso Jorge.

—Eres muy peliculero. Pero nos iremos en septiembre, es más barato y hay menos gente —dije firme.

—Y los destinos deben ser exóticos o poco turísticos. Cada uno meterá en el sombrero sus tres opciones.

—De acuerdo, pero tienen que ser destinos en los que haya algo que hacer o ver, nada de hoteles tipo *resort* cerrados, pues para eso nos quedamos en el refugio.

Yo no sabía qué destinos había puesto Jorge, pero los míos fueron lugares que siempre había querido conocer: India, Kenia y Brasil. Saqué un papel del sombrero y escrito con la letra de Jorge leí Australia, justo nuestras antípodas, era un buen destino y ni de coña lo reconocerían. Además, Australia reunía muchas posibilidades: visitar ciudades, arte, cultura, espacios abiertos, naturaleza y buen clima. Aunque se encargaría la agencia que organiza los viajes de Jorge, nosotros personalizaríamos el recorrido según nuestros gustos.

—Quiero ver los otros dos papeles —le dije mosqueada.

—No seas curiosa, así repetimos el juego en otra ocasión.

—Quiero saber si hemos coincidido en alguno —insistí.

—He puesto Australia en los tres papeles.

—Eso no vale, es trampa —dije, cruzando los brazos y con voz de niña enfadada.

—Me lo he jugado todo a una carta y he ganado, como contigo.

—No sé qué quieres decir. ¿Qué estabas entre varias tías y yo fui la elegida?

—No, que eras mi amiga, pero no me conformaba solo con eso y tuve que arriesgar y, por suerte, gané.

—Ya, ¿y no piensas que siendo amigos podría durar toda la vida y siendo pareja se puede fastidiar y pasar a ser nada?

—Qué negativa eres, también siendo amigos se puede fastidiar. Lo estoy dando todo y voy a seguir esforzándome porque esto funcione. He apostado fuerte. Te amo.

—Te quiero, Jorge —le confesé—. Y no pongas esa cara, ya lo sabías, aunque sea la primera vez que te lo digo en voz alta. Venga, ahora vete corriendo a coger tu cuaderno secreto para escribir algo —lo animé.

—No, voy a hacer algo mejor, te voy a llevar en volandas a la cama y lo dice la canción, no yo, «pienso follarte hasta borrar el límite entre los dos».

Fue la primera vez que le dije que lo quería, fue muy especial pues yo no lo digo a la ligera, pero no fue la única, ni la última y, sí, me hizo lo que dice la canción. Estábamos en nuestro hogar, nuestro refugio, nos amábamos, nos deseábamos y sentíamos una pasión el uno por el otro irrefrenable. Aún hoy doy gracias a que la vecina estuviera un poco sorda.

Capítulo 16: Saliendo de puntillas del refugio

Dicen que se discute en vacaciones y que a veces es motivo de separación, pero en nuestro caso todo lo contrario, fueron unos días geniales, un soplo de aire fresco. Nos perdimos por Australia más de dos semanas y no hubo ningún motivo por el que discutir, pese a que iniciamos las vacaciones saliendo de puntillas de nuestro refugio.

Lo primero que teníamos que conseguir era volar juntos sin levantar sospecha, por lo que planeamos todo. Nos hicimos los desconocidos en el aeropuerto y embarcamos por separado y simulamos ser dos españoles que se conocen en un vuelo largo y entablan conversación. Así actuamos durante el primer vuelo de siete horas hasta Dubái. Fue duro no poder ser cariñosos o tocarnos, pero muy divertido jugar a los desconocidos e incluso flirtear. En el siguiente vuelo todo cambió, era lo esperado, que no hubiera españoles en un vuelo Dubái-Sídney, por lo que empezamos a disfrutar de nuestras ansiadas vacaciones, por fin volamos agarrados de la mano y charlamos con libertad.

Una vez en Australia éramos libres. Libres para pasear de la mano, besarnos en público o ir a lugares muy transitados a plena luz del día. Y nos creímos libres hasta que, en una excursión guiada, nos unieron a otra pareja de españoles. Fue en el último momento, no sabíamos nada, lo había previsto el turoperador sin consultarnos.

—No podía ser todo tan bonito y perfecto —dije enfadada.

—Leo, no es el fin del mundo, en algún momento nos iba a pasar.

—Tendremos de nuevo que jugar a ser desconocidos como en el primer vuelo.

—A parte de que sería poco creíble, me niego, quiero hacerte fotos, ir de tu mano, lo pasé muy mal en el vuelo y no voy a pasar por ello otra vez.

Nuestros miedos no fueron tales. La pareja en cuestión era encantadora, se llamaban Berta y Sergio y claro que sabían quién era Jorge. Pero les explicamos la situación y entendieron perfectamente que yo necesitaba seguir siendo anónima.

—Chicos, estad tranquilos por nuestra parte. No somos chismosos y os entendemos. Es preciso que viváis con tranquilidad vuestra relación sin interferencias exteriores. Os entendemos más de lo que os podáis imaginar, ¿verdad, Sergio? —dijo Berta.

Lo pasamos tan bien con ellos que hicimos más rutas juntos por allí y mantuvimos el contacto después del viaje. De hecho, estuvimos en su casa cenando y viendo las fotos del viaje al volver. Su historia de amor era muy bonita y especial, tal y como me confesó una noche Berta.

—Nuestra relación al principio fue compleja y ha sido una superación de obstáculos y fíjate, aquí estamos, juntos y muy enamorados —me decía Berta muy emocionada.

Su confesión me hacía tener esperanza para conseguir hacer real la nuestra y superar mis miedos. ¡Ay, mis miedos!, seguía llena de ellos, no solo temía perder mi anonimato, también despertarme de ese sueño. Analizaba, descomponía, desmontaba y volvía a montar nuestra relación tal y como hacía con los juguetes cuando era pequeña. Buscaba los fallos, las grietas, los posibles errores entre las piezas de las que nos componíamos, con las que formábamos nuestra relación. No culpaba a Jorge, él estaba haciéndolo bien, me estaba queriendo como se debe hacer. Me culpaba a mí, a mi naturaleza analítica, a mis inseguridades heredadas de una relación tóxica anterior, a mi inconformismo. Y cada día me hacía mil preguntas. «¿Voy a ser capaz de estar detrás de una estrella que brilla tanto?», «¿y si nos asfixiamos de vivir en el refugio?».

Al volver de vacaciones, la discográfica le pidió a Jorge que, dado que el disco estaba muy avanzado, tendría que empezar a publicitarlo y sacar un sencillo. Eso consistía básicamente en elegir una canción, mandarla a diferentes radios, hacer entrevistas y dejarse ver.

Elegir la canción le fue fácil, Jorge quería que fuera *Entre tú y yo*, una canción de amor basada en nosotros y la cual era también mi favorita. En la discográfica estuvieron de acuerdo, aunque era de amor, no era una balada y era pegadiza y con frases divertidas. Recuerdo el primer día que la escuché en la radio. Paula y yo veníamos de trabajar en el coche, ella conducía, yo reconocí la canción con las primeras notas, subí el volumen y tuvimos que parar el coche y aparcar para escucharla. Primero nos pusimos a llorar, después nos abrazamos y nos dio la risa.

—¿Creías alguna vez que tu novio te diría por la radio que eres desordenada? —me dijo Paula, riendo y llorando a la vez.

—¿Y qué tengo los pies siempre fríos? Se va a enterar ahora cuando llegue a casa.

—Lo quieres mucho, y no pregunto, afirmo —me dijo Paula mirándome a los ojos.

—Esa frase es mía. Es cierto, nunca pensé que podría enamorarme así.

—Joder, los putos hermanos Álvarez nos han hechizado o fue su abuela con el potaje ese que hace —dijo Paula riendo.

Aparte de entrevistas en la radio, Jorge también tenía que ir a la televisión. Eso ponía más nervioso a Javi que a Jorge, pues dudaba de la impulsividad y la sinceridad de su hermano. Así son las personas que dicen lo que piensan y que tienen pocos filtros, para lo bueno y para lo malo. Por lo que los días previos a la entrevista, se pasaba haciendo más que nunca de hermano mayor/padre y se pasaba el día aleccionándolo. No le servía de mucho, ya que después Jorge hacía lo que le daba la gana

Mis alarmas saltaron en una entrevista en un programa de noche. Lo estaba viendo desde casa, en pijama y comiendo helado en nuestro sillón, era muy tarde, pero me hacía ilusión verlo a través de la pantalla. El ambiente del programa era fluido, había músicos en directo y Jorge se lanzó a tocar la guitarra y a cantar su canción. Al terminar de cantar el presentador le preparó la primera encerrona.

—Venga, confiesa, ¿quién es la chica de los pies fríos de la canción? —le preguntó pícaramente el entrevistador.

—Las canciones no son personas, son situaciones, recuerdos, cosas que te inspiran, cada uno le pone la cara o caras que quiere —le contestó Jorge muy resuelto.

—Ya, ya... Ahora presta atención a este video que hemos preparado de tu gira.

Efectivamente era un video de la gira, las ciudades en las que había estado, el público accediendo al lugar del concierto, algunas canciones, pero el video incluía alguna de las dedicatorias de los conciertos:

«Le dedico esta canción a la madrileña más chula que conozco, pero también la más sincera y honesta. Gracias por aceptar ser mi amiga».

«Quiero dedicársela a una persona que todavía cierra las ventanas del balcón, pero espero reunir la valentía suficiente para dar con el camino adecuado, encontrarnos y que deje la ventana abierta para mí».

Me puse muy nerviosa por lo que fuera a decir Jorge al finalizar el video y en medio segundo le mandé un WhatsApp a Javi, que estaba con él.

Leo: Me va a dar algo, es en directo.

Javi: Tranquila, lo está haciendo muy bien, ya nos lo esperábamos, confía en él, no va a dar ningún dato tuyo.

—Bueno, Jorge, confiesa, siéntete entre amigos, ¿quién es la chica misteriosa? ¿La conocemos?, ¿te ha abierto ya la puerta de su balcón? —insistió de nuevo el periodista.

—Joder, se puede decir a estas horas, ¿no? Menos mal que somos colegas, vaya encerrona. Lo confieso, es una gata que pasea con zapatillas de *running* por los tejados de Madrid y que cierra el balcón porque es friolera y hasta aquí puedo leer.

Después de provocar la risa y los aplausos del público, cambiaron de tema.

—Estos programas son así —me dijo Jorge al llegar a casa—. Te intentan poner en un aprieto y sonsacarte información mediante la broma. Yo les sigo el juego y punto, ahora que busquen a todas las madrileñas que salen a correr, no saben qué parte es verdad y cuál no, de hecho, todo es verdad, pies fríos.

Esa noche la pasé casi en vela, pese a que Jorge dormía profundamente a mi lado y yo tenía mis pies entre los suyos para calentármelos. De nuevo me desvelaban mis dudas y mis preguntas. «Esto no ha hecho más que empezar, seguro que habrá otras preguntas, otros programas, otras revistas, somos prudentes, pero ¿estoy preparada?», me dije a mí misma.

Capítulo 17: Premio doble

Después de varias entrevistas para radio y televisión y un par de sesiones de fotos, terminé por acostumbrarme y darle la razón a Jorge. Pues me demostró que, cuando no deseas vender tu vida privada, dejas de interesarles y ya no te preguntan por ello. Me puso ejemplos de personas famosas que tienen parejas que no se dedican a nada del mundo artístico y que lo máximo que ha trascendido de ellos es su nombre o su profesión o si han tenido hijos. Eso calmaba mi ansiedad bastante. Pero Jorge es un pillín y no podía evitar decir en las entrevistas siempre algún mensaje oculto para mí y eso en el fondo me resultaba muy romántico y enigmático.

Era finales de octubre y parecía que yo estaba superando mis temores a ser descubiertos tras exponerse más al público. Entre nosotros todo fluía, seguíamos encajando a la perfección. Recuerdo con especial cariño ese día, era un día de esos agotadores en el que me había tocado doblar en el hospital, después de mi jornada de mañana había seguido de guardia hasta las diez de la noche, pero había aprovechado para hacerme la revisión ginecológica que me correspondía. Estaba deseando llegar a casa, cenar cualquier cosa y dormir junto a Jorge hasta la hora que quisiéramos, ya que libraba al día siguiente.

Al llegar a casa, todo estaba a oscuras, salvo la luz tenue de la terraza y unas velas de té dispuestas por varios puntos del salón.

—¿Y esto? Bonita manera de recibirme en casa después de una guardia, te quiero, flaco.

—Tengo una noticia que darte —dijo Jorge entusiasmado.

—¿No estarás embarazado?

—Casi... Voy a dar a luz a un premio, ¿te acuerdas de que estaba nominado? Pues hoy me ha comunicado que he ganado y que me lo entregaran en una gala en el Palacio de los Deportes a finales de noviembre.

—¡Enhorabuena, vamos a celebrarlo! Me doy una ducha y cenamos a la luz de las velas.

Después de la ducha, me puse un camisón que a Jorge le encantaba y mi bata roja de *geisha*, como él la llamaba. Durante la cena me habló de la ilusión que le hacía recibir cualquier premio, aunque fuera modesto. Me explicó cómo se prepara una gala, los nervios del discurso de agradecimiento y la fiesta posterior. Le brillaban los ojos mientras hablaba, pero en el fondo yo sabía que todo lo que me estaba contando era tan solo una introducción para lo que tenía que añadir después.

—Quiero que seas mi acompañante en la gala —me dijo Jorge firme y seguro de sí mismo.

—Sabes que es lo que me estás pidiendo es mucho para mí.

—Lo sé, pero dime que al menos lo vas a pensar, podemos hablarlo con mi representante y con Javi para que nos aconsejen cómo hacerlo.

—No te prometo nada, solo ya veremos. Por cierto, yo también tengo que contarte una cosa, no es tan importante, pero me ha pasado hoy y...

—¿Estás embarazada?

—¡No! Escucha y relájate.

Abrió los ojos y los oídos como un lémur y escuchó mi relato de la revisión del ginecólogo sin pestañear. Lo tranquilicé, le expliqué que todo estaba bien y le conté que el ginecólogo me había preguntado por los métodos anticonceptivos que usaba y me había recomendado tomar la píldora dado que tenía bajo el hierro y desajustes en los ciclos.

—Obviamente me ha preguntado antes si tengo una pareja fija y sana —le dije.

—¿Y?, ¿qué le has dicho? Que soy un músico de mala vida.

—Le he dicho que lo hablaría con mi pareja, ya sé que estás sano, he revisado tus últimas analíticas.

—A mí me parece bien, raro, pero bien.

—¿Raro? ¿Por qué? —pregunté con mucha curiosidad, pues no veía nada raro en ello.

—Porque sería la primera vez para mí —confesó Jorge.

—La primera vez que... —dije pícara.

—En serio, no te hagas la tonta. Que no sé cómo es acostarse con alguien sin usar condón.

—¡La hostia! —exclamé—. Si me lo cuentan no me lo creo, pero cómo eres tan responsable... y encima eres mi novio.

—Repite más veces eso de que soy tu novio... Así en bucle... mientras te quitas el batín de *geisha* y verás lo irresponsable que puedo llegar a ser...

—Te confieso que para mí también será la primera vez —le dije sonrojada.

—Bueno, así experimentaremos juntos...

Jorge estaba tan ilusionado con mi noticia como con el premio que iba a recibir, tanto que tuve que explicarle que el efecto de la píldora no es instantáneo y que, desde que se inicia la toma, tarda un ciclo en hacer efecto.

Unos días después, cuando Jorge recibió más detalles de la gala de premios, vino contándomelo, cabizbajo, porque ya conocía mi opinión sobre mis apariciones en público, pero deseaba tanto que fuera con él que estaba dispuesto a aceptar mis condiciones, como no hacer *photocall* y tampoco estar a su lado mientras le entrevistaran después de recibir el premio.

De nuevo una pequeña crisis asaltó nuestra tranquila vida en el refugio cuando la firma que se encargaba de vestir a Jorge para la gala insistió en regalarle un vestido para mí, con la condición de que posara junto a él. Yo me negué, por supuesto, y tuvimos una dura negociación sobre la mesa al respecto.

—Yo tampoco me vendo, pero al menos elige el vestido que quieras y déjame que te lo regale.

—Ni de coña, valen un pastón y solo para un día, me niego. Además, no quiero llamar la atención. Voy a ir a una modista que conozco y con un presupuesto más ajustado a mi bolsillo.

—Nena, ya sabes que mí me la pelan las marcas y toda esta parafernalia, pero no seas tozuda y déjame que te regale el puñetero vestido.

—¡Qué pesado!

—Por cierto, la discográfica hará una fiesta después de la gala en un hotel, desde el cual salimos, en ella nos peinan y maquillan. A esto no te puedes negar, nadie te podrá identificar conmigo. —Jorge hacía todo lo posible para convencerme.

—Pero sé discreto, la última vez que estuvimos juntos en un hotel la liamos un poco.

—No me lo recuerdes —dijo, llevándose las manos a los ojos y mordiéndose el labio de forma tan sexi que no me podía resistir.

El día de la gala, la discográfica reservó una bonita y discreta *suite*. Al entrar nos sorprendió que estuviera adornada con flores frescas y pétalos sobre la cama, además de bombones, fruta fresca y cava dentro de una hielera. Sí, lo admito, no pudimos esperar al final de la fiesta para a estrenarla.

—No te entiendo, hoy vas a cantar en la gala y te estás saltando el voto de silencio: estás hablando e incluso has gemido... —le dije mientras recogía la ropa que acabamos de desperdigar por la habitación.

—No es un concierto y ahora tengo más fondo físico. Por cierto, ¿cuándo empieza el nuevo ciclo ese del que me hablaste?

—Yo te aviso, ese día no me pondré bragas...

—Te estás volviendo una sinvergüenza y una provocadora.

—Serán los efectos secundarios de estar contigo.

—No sabía que se podía querer así, doy las gracias cada día de haber cruzado mi vida con la tuya —dijo Jorge muy romántico, pero yo le frené con mi ironía.

—Te quiero, poeta, pero abróchate la bragueta, vamos tarde.

Me duché y bajé a peinarme y maquillarme a la sala que habían habilitado en el hotel. Acudí en vaqueros y con una blusa como me habían indicado para no estropear el peinado y el maquillaje al desvestirme y ponerme el traje de la gala. Por supuesto, Jorge y yo llegamos por separado y jugamos a ser desconocidos. La maquilladora, un poco cotilla, quería saber quién era yo, así que me inventé que era del equipo de Pablo López y me mostré arisca y con pocas ganas de hablar, tampoco me costó mucho, soy de naturaleza rancia como dice mi madre.

Los estilistas me ondularon el pelo hacia un lado, me maquillaron los ojos suavemente y unos llamativos labios rojos, era un estilismo de años veinte, parecía que me había escapado de *Las chicas del cable* y combinaba perfectamente con mi vestido. La modista me diseñó un vestido de manga francesa negro, largo y de encaje, perfectamente ajustado a mi silueta, con escote en la espalda y una abertura lateral para que se vieran mis piernas al caminar. Bajo el vestido, el gran secreto, un *body* negro muy sexi. Apenas llevaba joyas, solo un reloj, una pulsera y unos pendientes de plata envejecida prestados por mi madre. Combinado con mis pendientes, un *clutch* y unas sandalias que me harían pasar algo de frío esa noche. Me miré al espejo y me gustó el resultado final, era sexi pero sencillo, nunca me había vestido así, no he tenido muchas bodas y no he hecho ni la comunión.

Cuando estaba ultimando lo que llevar en ese bolso tan pequeño, apareció Jorge ya vestido de la habitación de su hermano donde el sastre había hecho los últimos retoques. Llevaba un traje de chaqueta negro que le quedaba como un guante, pero me parecía raro verlo sin su chaqueta de cuero y su ropa desgarbada. Cuando me vio, se quedó parado, pero no mudo:

—No sé si es la modista o la modelo, pero estás espectacular, ¿sabe hacer vestidos de novia?

—Ja, ja, ja, sí, y de comunión, de madrina, de flamenco y disfraces. Pero vas a alucinar más con lo que llevo bajo el vestido.

—Ya, mi hermano me acaba de advertir que él y Paula están en la habitación de al lado.

—Ahora abre mi regalo.

—¿Un regalo para mí? Joder qué ilusión.

Era un regalo modesto pero significativo para mí, Jorge siempre me sorprendía con regalos y detalles que yo no esperaba, quería que tuviera un recuerdo mío y ese día era el momento. Eran unos gemelos de plata con la silueta de una guitarra eléctrica. Por su cara, creo que lo sorprendí.

—¡Me encantan! Qué bonitos. Ayúdame a ponérmelos y quítame estos de abuelo que me ha puesto el sastre.

—Sí, son un poco clásicos.

—Y encima llevas esos labios, los que no puedo besar... Te amo, Leo.

Como habíamos concretado, accedí a la gala con Paula y Javi, nos sentamos en una zona diferente a los premiados y la gala discurrió con normalidad. Cuando Jorge fue nombrado por los presentadores de la gala, aplaudí sin llamar la atención y él accedió nervioso al escenario.

—Da igual el premio, siempre me pongo como un flan, pero no me voy a enrollar. Gracias por nominarme y a los oyentes por votarme, gracias a mi discográfica y a mi equipo. Gracias a mi familia, a mi madre y a mi hermano que siempre me apoyan y guían, gracias a mi loca cuñada. Pero sobre todo gracias a mi gata y a Hans, mi batería, que me dio un empujón para ser más atrevido.

El público por completo rompió en aplausos, Jorge se acercó al piano y tocó nuestra canción, *Entre tú y yo*. Solo el piano y su voz, mientras yo susurraba la canción al otro lado del pabellón. El público al principio enmudeció, después agitaron los móviles con la linterna encendida y al final se animaron a cantar con él. Yo secaba disimuladamente mis lágrimas y Paula me miraba de reojo y me susurraba *miau* para hacerme reír.

Tal y como planeamos, no pasé por el *photocall* a la entrada ni cuando Jorge posó con su premio. Desde el lugar donde se celebró la gala me fui en el coche con Paula y Javi a la fiesta del hotel, donde quedamos con Jorge. En la fiesta tampoco pude estar con él, teníamos que guardar las apariencias, había mucha gente y no sabíamos quién podría estar mirándonos, por lo que solo le di la enhorabuena y dos besos como si apenas lo conociera. Hablamos unos minutos y me fui a saludar a otras personas que conocía y a charlar con Paula.

—Si no estuviéramos con esos dos hombres perfectos, esta sería una buena ocasión para dar una *putivuelta*, menudo fiestón —me dijo Paula al oído.

—Eres tremenda, te ha llamado cuñada loca y se ha quedado corto.

—Él sí que está loco, pero por ti. Yo tampoco veo nada de malo en que sepan que está contigo. Si fuera al revés, si él te escondiera, ¿a que te sentaría mal?

—Es pronto, todavía no estoy preparada, respetad mi ritmo.

La fiesta era un acto de relaciones públicas, no era como las fiestas en casa de amigos o las fiestas privadas después de los conciertos, en resumen, todo lo que Jorge odia. Como habíamos coreografiado, Javi y Paula se fueron primero, Jorge los siguió y yo detrás a los cinco minutos. Me costó un poco coger un ascensor libre para subir a mi planta y cuando llegué, los tres me esperaban tras la puerta del ascensor.

—Joder, qué susto, me queréis matar de un infarto —dije realmente sorprendida.

—Venga, la última copa en nuestra habitación —propuso Jorge.

—Estamos cansados —dijo Paula.

—Bueno, abuelos..., mañana nos vemos —dijo Jorge refunfuñando.

Nos despedimos y nos fuimos cada pareja a nuestra habitación.

—Paula está rara —dije apesadumbrada.

—Es normal, están en una *suite* de ensueño y quieren hacer el amor, ¿o tú no?

—Lo digo por su actitud en la fiesta, solo ha hecho un par de comentarios de los suyos, ha estado muy comedida.

—Está madurando, están enamorados...

—Será por eso. Por cierto, ¿no tienes curiosidad de qué es lo que envuelve este vestido?

—Sí, casi olvido la partitura de la canción...

Así éramos nosotros, disimulábamos en público lo que sentíamos y después, a solas, desbordábamos de pasión. No solo era algo sexual, también teníamos ansia de hablar, de compartir lo que habíamos sentido durante la gala y la fiesta posterior. Vale, lo admito, también era sexual, pero qué es el sexo si no es una forma de amar y qué es el amor si no hay buen sexo. Ambos nos sentíamos muy atraídos el uno por el otro, un solo susurro cerca de mi oído, una caricia en mi ropa interior y yo estallaba. A Jorge le sucedía lo mismo y no lo podíamos controlar.

—Tengo que controlarme esta noche para no aullar, no quiero que me escuchen los vecinos de habitación —dijo Jorge simulando que aullaba.

—Menos lobos, caperucita —le dije, tapándole la boca mientras me mordía los dedos.

—También te he contagiado lo de los chistes malos.

Pasados unos días de los premios, hicieron mención de ellos en algunas revistas más profesionales, en las que relataban cómo había sucedido la gala, los asistentes, los premiados y las actuaciones. Otras revistas más cotillas, resumían lo anterior para añadir los mejores y peores vestidos, las parejas de la gala, las curiosidades, etc. Yo no las compro, ni me interesan, ni tengo tiempo para leerlas. Pero el representante de Jorge, que se encarga de varios artistas, las compra para revisarlas y llamar a los redactores para dar explicaciones o corregir errores si los hay.

Recibimos su llamada para comunicarnos que alguien había filtrado una foto de la fiesta privada posterior, en la que Jorge y yo estamos hablando muy cerca y no paraban de preguntar quién era yo y la firma de mi vestido. A mí me dio la risa, prefería tomármelo así. Su representante mintió, les dijo que no me conocía, que sería la amiga o la novia de otro artista.

—Les interesa mi vestido, me parto de risa, le voy a decir a mi madre que compre la revista para vernos.

—Estabas espectacular y la foto no miente, te estaba comiendo con los ojos. Alguna vez nos pillarán y, cuando pase eso, tienes que estar tranquila, ignorar los comentarios y que se vuelvan locos buscando quién eres hasta que se aburran. Si por una casualidad lo descubren, lo mismo, ignorarlos, no darles nada de lo que hablar y se cansarán. Realmente no soy muy interesante para el mundo del corazón.

—Ves qué tranquila estoy, hasta voy a recortar la foto para el recuerdo. Por cierto, hoy empieza el ciclo.

—Ahora sí que tengo pánico escénico —me dijo Jorge tan serio que no parecía él.

Después de tranquilizarlo, le recordé que también era nuevo para mí, una experiencia que viviríamos juntos por primera vez y eso ya no nos lo quitaría nadie. De hecho, esa noche se quedó grabada en nuestra memoria, como el primer día que lo vi asustado como un niño en el hospital, como el beso en el balcón, como la noche del hotel de Barcelona, como el te amo ante la Alhambra, como mi primer te quiero. Esa noche no follamos, no hicimos el amor, nos fusionamos.

Capítulo 18: Ave Lucía

Las cenas de amigas de los lunes mutaron a las cenas de las «dobles parejas», no cambiaron de día, pero sí de escenario y participantes. Las realizábamos en nuestro refugio o en el piso de Javi y Paula, pues vivíamos en el mismo barrio. Si no estábamos en Madrid, como en vacaciones, nos conectábamos por videollamada, y si a Paula o a mí nos tocaba estar de guardia, se mantenía la cena con los tres restantes.

Se había convertido en nuestra tradición y nos mantenía unidos a los cuatro. En esas cenas aprovechábamos para ponernos al día, contarnos nuestras mierdas, nuestras alegrías y así ayudarnos. Nos dábamos consejos que siempre eran bien recibidos y, aunque nos metíamos mucha caña, lo aceptamos con deportividad sin enfadarnos.

Lo que os voy a contar, aconteció en la cena del primer lunes de diciembre. Ese día cenábamos en el piso de Paula y Javi y estábamos enredando en la cocina entre todos. Javi hablaba por el móvil con su madre preguntando algo acerca de la receta, Paula y yo poníamos la mesa mientras cotilleábamos de un compañero del hospital y Jorge cortaba jamón.

—Niño, no pongas la otra mano por detrás del cuchillo, te vas a cortar —advirtió Javi.

Jorge lo estaba cortando fino como lo hace papá y a nosotras nos encanta, ya había emplatado medio plato cuando el siguiente corte de cuchillo fue directo al dedo de Jorge.

—Menos mal que hay sanitarias en casa —dijo enfadado Javi.

—No es nada, tranquilo, puedo seguir tocando el piano —dijo Jorge, tapándose el corte con la otra mano.

—Paula, amor. Cúraselo, por favor —dijo Javi.

—Yo lo hago, ¿dónde tienes el botiquín?, ¿tienes puntos de aproximación? —me ofrecí.

—No, puntos no, por favor... —lloriqueó Jorge.

—Cállate, llorón, son una clase de puntos que se pegan —dijo Paula—. Está todo en el botiquín, en una caja de plástico dentro del mueble del baño.

Jorge y yo nos dirigimos al baño, primero le lavé con agua para ver la profundidad del corte y le hice sentarse en el inodoro. Mientras él se taponaba la sangre con abundante papel de cocina, yo buscaba lo que necesitaba para curarle en el botiquín.

—Cómo me pone que juguemos a los médicos —dijo Jorge mientras me tocaba el culo con la otra mano.

—Quieto, presiona, no es muy profundo, pero no deja de sangrar.

—Perdón, que estás en plan Doc.

—Por mucho que te excite, no voy a follar en el baño de tu hermano.

Rebusqué en el botiquín y encontré algo más que el yodo, las gasas y los puntos de aproximación. Algo que no debía haber visto.

—Qué cara más seria, ¿no has dicho que no era nada?

—Estoy concentrada para ponerlos bien y que te deje de sangrar.

—Algo pasa, te lo leo en la frente.

—Acabo de ver un predictor en el botiquín y ácido fólico.

—Lo del predictor sé lo que es... «El predictor se pinta de rosa en el cuarto de baño», los ácidos no me suenan. El test de embarazo, ¿está usado?

—Sí y supongo que es de Paula. Mira, mira, pone ocho semanas. El ácido fólico es una medicación que tienen que tomar las embarazadas.

—Joder, ¿qué hacemos?, ¿se lo decimos?, ¿nos lo dirán? Vamos a ser tíos, es guay, ¿no?

Terminé de curarlo, guardamos todo en el botiquín y decidimos no decir nada y esperar a que fueran ellos quienes nos lo dijeran. Jorge es muy optimista, se le notaba contento al salir del baño. Yo no tanto, estaba pensando que era muy pronto para que tuvieran un hijo, no llevaban ni un año juntos, pero sabía que a Paula le hacía ilusión ser madre y formar una familia. Como tardamos un poco en salir, ellos ya estaban esperándonos en la mesa.

—Madre mía lo que habéis tardado, ¿no habréis follado en mi baño? —dijo Paula dando voces.

—No, somos personas respetuosas, no como tú, hacía mucho que no ponía puntos de aproximación y son las manos de un artista, no se pueden poner a ligera.

Entre risas y bromas sanitarias varias empezamos a cenar. Lo primero que observé es que Paula se sirvió vino y agua, pero no probó el vino. Tampoco bebió alcohol el día de la gala de los premios, ni quiso tomar una copa en la habitación del hotel alegando que estaban cansados. Hice cuentas mentales y ya debía estar embarazada para esa fecha. Estaba abstraída y se me notaba. Propuse un brindis y Paula cogió el vaso de agua, mientras que yo le daba un codazo a Jorge.

—Paula, con agua no, que da mala suerte —le dijo Jorge.

—Uf, me he equivocado de copa —dijo Paula disimulando.

Cogió la copa de vino, pero no bebió, solo se mojó los labios disimuladamente. Proseguimos la cena, hablando de nuestras cosas como siempre, hasta que Javi dijo que nos quería contar una novedad.

—Chicos, tenemos una noticia que daros.

Nosotros los miramos atentamente, pensando en que al fin nos iban a dar la noticia.

—Estamos mirando pisos para comprar uno. Este está bien, pero queremos algo más grande, con terraza. Hay algunos áticos por esta zona que nos gustan —nos explicó Javi.

—Buena idea —dijo Jorge—, más sitio para la familia.

—Sí, claro, para cuando venga mamá y eso —dijo Javi nervioso.

—Y por si algún día ampliáis la familia —dije irónica.

—¿Te molesta, Leo? —me dijo Paula enfadada.

—No, qué va, me parece genial. Yo no me meto en lo que hace cada uno con su vida —respondí.

—No seas falsa y di lo que piensas, no andes con rodeos, somos familia —dijo Paula cada vez más enfadada.

—¿Falsa yo? Pues ya que se me permite opinar, creo que vais muy rápido, ya vivís juntos, ahora una hipoteca a medias, ¡¿luego qué será?! —respondí elevando el tono de voz.

—Menos mal que no te metes en lo que hago con mi vida y que somos hermanas —me espetó Paula

—Eso creía, que éramos como hermanas, que nos contábamos las cosas, que no había secretos entre nosotras —dije más enfadada aún y a punto de llorar.

Los chicos estaban alucinando, nos miraban como nos lanzábamos pullas y discutíamos cada vez más acaloradamente. Giraban la cabeza de un lado a otro como en un partido de tenis, hasta que Javi intervino:

—Haya paz. No voy a consentir que dos personas que se quieren como vosotras discutan así y se falten el respeto. Leo, tienes que respetar los deseos de Paula y sus ritmos, como también nosotros respetamos los tuyos. Quererse es respetar al otro, comprenderlo, aunque no lo compartas.

En ese momento ya estábamos las dos llorando como magdalenas y Paula entre sollozos me dijo:

—Ya sé que todo es rápido, pero Javi y yo nos queremos mucho. Parezco alocada y que no me pega, pero sabes que siempre he querido formar una familia propia. Perdí a la mía muy pronto, pero después tú me diste una. Sabes que nunca he estado triste por ser huérfana, no me he sentido como tal, porque siempre tenía la meta de formar algún día mi propia familia y tomar como ejemplo a mis padres para guiarme en mi faceta de madre. Para mí es muy importante amar a alguien como ellos se amaban y querer a mis futuros hijos como ellos me querían a mí.

Después de las palabras de Paula, los cuatro nos echamos a llorar, Javi la abrazó, la besó y le secó las lágrimas. Jorge me miraba reprobando mi actitud, me besó en la frente y no dudé en intentar arreglarlo.

—Perdóname, soy una bestia, no quería haceros daño con mis palabras, ni estropear la noticia. Desde que os vi la primera vez juntos en mi casa, supe que Javi era perfecto para ti, que te quería de verdad. Te suplico que me perdones, soy una puta egoísta, te quiero solo para mí y tengo que aprender a compartirte.

Paula y yo nos levantamos de la mesa y nos dimos un abrazo enorme y de nuevo rompimos a llorar, al mirarnos a los ojos nos dio la risa. Los chicos aplaudían y lloraban a la vez.

—Bueno, había una segunda noticia, pero creo que doña CSI ya lo sabe —dijo Javi.

—Otra noticia, vaya —dijo disimulando fatal Jorge.

—Dedícate a la música, bonito, la actuación no es lo tuyo —dijo Paula.

—No me digas que te has puesto así solo por lo del piso. Si te conoceré yo. Me has observado lo que comía y que no tocaba el jamón, le has dado codazos a Jorge cuando no tocaba el vino y no paras de mirarme las tetas comprobando mi talla. Sí, vais a ser tíos, no queríamos esperar tanto para decirlo, pero no veíamos el momento. Ahora, id ahorrando para comprar caprichitos al bebé.

Tuvimos que admitir que habíamos encontrado el test de embarazo sin querer y reanudamos la cena normalmente, porque hay varias cosas que tenemos los cuatro en común, una de ellas es que nos queremos y que no somos rencorosos.

Nos contaron más detalles del piso. Javi tenía ganas de comprar algo en Madrid y Paula quería tener algo en propiedad por primera vez en su vida. En cuanto al embarazo, había sido buscado, aunque no esperaban que fuera tan pronto. Paula tomaba la píldora desde los dieciocho años por problemas hormonales y para quedarse embarazada debía dejar de tomarla un tiempo, su ginecóloga pensaba que su cuerpo tardaría en regularse por haberla tomado tantos años y que por este motivo tardarían en concebir al menos seis meses. Nada más lejos, el primer mes ya estaba embarazada. Ahora lo estaba de diez semanas y su fecha de parto estaba prevista para primeros de junio.

Javi siempre quiso ser padre, perdió muy pronto al suyo. Quería ser padre joven y acaba de cumplir los treinta y cinco. Además, no descartaban casarse cuando naciese el bebé, no por el hecho de sentirse comprometidos por tener un hijo, sino porque les hacía ilusión la boda.

—Vas a ser un buen padre, eso no lo dudes, no ves qué bien lo has hecho conmigo estos años —dijo Jorge.

—No sé yo...

Tras la cena, nos fuimos al refugio. Como estaba cerca, siempre que no llovía volvíamos a casa dando un paseo para bajar la cena. Jorge estaba muy contento con las dos noticias, pero iba abroncándome por lo dura que había sido al principio.

—No me lo puedo creer, mi hermano papá, que contento estoy por ellos. Pero tú... al principio te has pasado, se te ha ido un poco la olla. Cada uno tiene una forma diferente de hacer las cosas y hay que respetarlo. Nosotros también vamos deprisa y nadie nos ha dicho nada.

—En eso tienes razón, vivimos juntos desde el primer día y ni tu familia ni la mía se han entrometido. Pero el piso, el bebé y que incluso se quieran casar, se me hace un poco bola.

—Nunca hemos hablado de esto, ¿quieres ser madre?

—Sí, pero no ahora. Antes tengo otros objetivos que alcanzar, ¿y tú?

—Yo sí, me pasa algo parecido a mi hermano, por eso me hace tanta ilusión este bebé. No quiero meterte presión, pero me gustaría que fueses la madre de mis hijos, no ahora, tranquila, pero si pasase sin querer tampoco pasaría nada.

—Me acabas de pedir que sea la madre de tus hijos y sigues así paseando tan tranquilo como quien pide pan rallado al vecino.

—Te he asustado y, como dices tú, no pregunto, afirmo.

—No, pero es fuerte de asimilar. ¿Tan claro lo tienes conmigo?

—Cristalino y no es poesía barata. No te voy a preguntar si tú lo tienes claro, no espero una respuesta ahora.

No me dejó contestar, pero tenía una respuesta, que le quería muchísimo, que era especial para mí, que nadie me había respetado y comprendido como él, pero ¿me veía en un futuro con él? Pues ni sí, ni no, quería hacer aún muchas cosas, no me quería estancar ni en la vida, ni en mi carrera profesional. Pero todo esto, ¿cómo se lo podía hacer entender y qué palabras usar para no hacerle daño?

Llegamos en silencio a casa, accedimos al portal y subimos sigilosos las escaleras como siempre hacíamos, para evitar que los vecinos curiosos pudieran reconocer a Jorge. No era por mi vecina sorda que tiene ochenta años, esa no tenía peligro, hasta Jorge le había ayudado más de una vez a subir la compra y ella no se había percatado de quién era. Pero, una vez en casa, el silencio era demasiado espeso.

—Me hubiera gustado responderte, pero no me has dejado, porque te da miedo que no te responda lo que tú quieres oír. Pero ahora quiero que me escuches —le dije.

—A mí no me da miedo eso, ya sabes que no me gusta la gente que me da la razón como a los tontos y que eso fue lo primero que me gustó de ti. No me gusta que me idolatren ni los palmeros. Solo que no quería que respondieras bajo presión.

—No me presionas. Jorge, te quiero, te quiero muchísimo. Estás en mi vida porque quiero, vives conmigo porque quiero. Pero llevamos poco tiempo juntos, es la primera vez que hablamos de tener hijos, puede que tengamos aún muchas conversaciones pendientes de este tipo para ir dibujando nuestro futuro juntos. Conversaciones en las que cada uno marque sus metas y después encajemos las piezas. Entonces construiremos así nuestra vida común.

—Tienes razón, tenía que haberte dejado contestar. No puedo estar más de acuerdo con la respuesta. Otra cosa que me encanta de ti es tu sinceridad y te expresas tan bien y tan claro... ¿Lo de la docencia está en tus planes?

—Me va más la práctica que la teoría. ¿Te apetece practicar cómo se hacen los niños? —le dije insinuante.

Capítulo 19: Conversaciones pendientes

Enseguida tuvimos la Navidad encima. Desde que soy médico me toca trabajar en Navidad y muchas veces en los festivos así que no suelo celebrarla con mucha intensidad, al contrario que a Jorge, que le encanta.

A mediados de diciembre ya había adornado la casa. Trajo un árbol tan grande que lo tuvimos que montar en la terraza. Por cierto, con muy buen gusto para la decoración, mi minicasa parecía sacada de un catálogo de Navidad. En la entrada colgaba una rama de muérdago, con un lazo rojo de satén, que no sé dónde lo había conseguido.

—Cada vez que pasemos por debajo hay que besarse. Eso nos protegerá, nos dará buena suerte y bendecirá nuestro amor. —Jorge me hablaba muy emocionado.

—No sabía que eras supersticioso.

—Todavía tienes muchas cosas que descubrir de mí. Ya sabes, conversaciones pendientes.

Jorge consiguió que me volviera a entusiasmar la Navidad. En Nochebuena, Javi, Paula y Jorge viajaron a Granada, a mí me toco trabajar y lo pasé de guardia y con mis padres. Los pocos días que me quedaban libres los había acumulado para viajar en enero con Jorge a México.

Paula y Javi dieron a la familia granadina la noticia del embarazo y del piso. Acababan de dar la señal para un bonito ático en la zona de Pirámides, muy cerca de nuestro refugio.

A la vuelta de Granada, Jorge vino de nuevo cargado con comida de su abuela y su madre, ambas cocineras excelentes y las cuales seguían empeñadas en que estábamos flacos.

—¡Oh!, estos dulces me vuelven loca, pero me pongo fina cada vez que los como.

—Se llaman piononos, tú sigue manchándote que ahora te relamo yo.

—Estarán muy contentos con lo del bebé.

—Sí, y con lo del piso también. Por cierto, ¿recuerdas las conversaciones pendientes? Pues tengo una propuesta —dijo Jorge, frotándose las manos.

—Miedo me das.

—Me gustaría que buscásemos una casa, algo más grande y en las afueras de Madrid para poder tener más intimidad a la hora de entrar y salir.

—Jorge, no puedo meterme en un gasto así. Estoy hasta el cuello con este piso.

—Lo compraré yo, tú seguirás pagando este piso, que será tuyo.

—Pero es que a las afueras me pillará muy lejos del hospital.

—Mi propuesta es algo en la sierra de Madrid, que sé que te encanta, pero con buena comunicación al centro en coche. Necesitamos más espacio.

—Ya, me imagino que esto es poca cosa para ti. —Y bajé mi mirada apesadumbrada.

—Eso no es así, esto es perfecto, pero lo de tener más espacio es por mi trabajo.

—Pero este es nuestro refugio —me quejé.

—No, mi refugio eres tú —dijo Jorge muy firme y continuó—: Leo, necesito tener el piano en casa, las guitarras e incluso un pequeño estudio de grabación. Eso reduciría mis horas en la discográfica, podría trabajar desde casa. Además, ganaríamos intimidad, no tener que salir de puntillas, poder salir juntos a correr, invitar a amigos a casa.

—Sí, tienes razón. Solo que me da pena dejar este piso.

—No es necesario que lo dejes, o lo dejemos. Lo seguiremos usando cuando vengamos al centro o cuando tengas una guardia. Como te decía, seguirá siendo tu piso, yo haré la inversión económica de la otra casa. Solo necesito que me ayudes a elegirla, sobre todo la zona. Sería genial hacer este proyecto juntos.

No pude negarme, Jorge tenía todos los argumentos bien hilados. Era un plan perfecto, pero a la vez me aterrorizaba. Era un paso más en nuestra relación, un compromiso mayor. En cambio, Jorge estaba tan ilusionado que se puso enseguida manos a la obra, sacó el portátil y con el mapa de Madrid empezamos a marcar zonas donde buscar casa.

—Voy a hablar con un agente inmobiliario para que busque casas con las características que queremos por estas zonas y cuando lo tenga organizamos las visitas —dijo Jorge muy animado.

—Como el programa ese de *Tu casa a juicio.*

—Me encanta y el de los gemelos Scott, *Bricomania* y *Decogarden.*

—Estás como una cabra, ¿de dónde sacas tiempo para ver eso en la tele?

—Muchos años soltero, intentando coger el sueño, aburrido en hoteles. Ahora las noches las aprovecho mejor.

—Sí, ahora tenemos Netflix y HBO.

—Venga, boba, no te hagas la tonta.

La Nochevieja la pasamos todos juntos en casa de mis padres. Era la primera vez que llevábamos a nuestras parejas a cenar a casa en un día tan especial. A mi madre le parecía muy divertido ver a Jorge cantando en la gala de Nochevieja en la televisión mientras le tenía en su salón comiendo turrón.

—Milagros de la televisión —dijo Jorge riéndose.

—Y qué morenito sales en la tele —dijo Paula riendo.

—Acabábamos de venir de Australia, es grabado, lo sabéis, ¿no? —nos dijo.

—Sí, sí, lo de teletransportación todavía está en desarrollo. —Rio mi padre.

—Cambiando de tema, en la siguiente ecografía me dicen el sexo del bebé —dijo Paula.

—Estoy deseando saberlo —dijo Javi exultante.

—¿Y qué os apetece que sea? —preguntó mi madre.

—Nos da igual, pero el abuelo me contó en Nochebuena lo de la tradición de poner nombres que inician con jota a los niños y casualmente mi padre se llamaba Jon, así que si es niño ya tenemos nombre —explicó Paula.

—Qué curioso. Ahora entiendo lo del abuelo Juan y lo de Javier y Jorge. Pues Jon es muy bonito y además un homenaje a tu padre. Y porfa, dadme más detalles de esa tradición —les pedí.

Jon, el padre de Paula era de Vitoria y su madre, Ana, madrileña. Yo no los conocí, solo por fotos, pero hacían una pareja estupenda. Paula es idéntica a su padre físicamente: alta, rubia y con ojos claros, pero sus tíos siempre dicen que en el carácter es igual que su madre, siempre alegre y positiva.

En cuanto a la tradición de los nombres con jota, provenía de su tatarabuela Isabel. La pobre tuvo cuatro hijos, pero seis partos. Cuando nacía un niño este fallecía a las pocas horas, pero si era una niña sobrevivía. En el quinto parto, nació un niño, le pusieron Jesús por motivos religiosos, pero este no falleció. Después vino José y tampoco. Creyeron así que los nombres bíblicos los protegían y esto derivó en la tradición de usar nombres que comenzaran por la letra jota.

La tradición pasó a su abuelo Juan, que así mismo se lo trasmitió a su hija, la cual tuvo dos hermosos niños, Javier y Jorge, y en su familia materna abundan los Jesuses, Joses, Julianes, Juanes...

—Es cierto que entonces fallecían los neonatos muy a menudo y es probable que tuvieran una enfermedad hereditaria ligada al gen masculino —expliqué.

—Eso será la explicación científica, pero a nosotros nos gusta creer en nuestra historia de la jota. Además, no veas qué creativos se están poniendo nuestros primos con los nombres —dijo Javi.

—Sí, ya tenemos un Jaures, un Jared y un Jonay —dijo Jorge.

—Tienes que hacer una canción con esa historia, a mí me parece muy bonita —dijo mi madre.

En los ratos y días libres empezamos a visitar casas en las zonas elegidas. No nos encajaba nada, bueno en realidad no me encajaba a mí. Yo le ponía pegas a todo: demasiado grande, necesita mucha reforma, el jardín está muy abandonado, la cocina es antigua... Jorge, en cambio, siempre le veía puntos positivos: en esta habitación pongo el estudio, aquí puedes leer con luz, aquí entra el piano, mejor reformarlo a nuestro gusto... Pero lo más curioso era que siempre preguntaba a quién había pertenecido la casa. A veces el agente no lo sabía o no lo quería contar y, sin embargo, nos detallaba la historia de algunas casas.

No sé si fue el destino, que ese día yo estaba contagiada del entusiasmo de Jorge o por la historia de la casa, pero encontramos la casa perfecta. No era muy antigua, apenas necesitaba reforma, era de una sola planta, espaciosa y luminosa, el jardín muy cuidado con una piscina mediana y una casita anexa, con altas posibilidades de convertirse en el estudio de Jorge.

La historia de la casa nos dejó sin habla, era de una pareja peculiar. Ella bailarina, él arquitecto. Como nosotros, dos profesiones en las antípodas. Él había diseñado y construido la casa. La casita del jardín era una sala diáfana, con suelo de madera, una barra de *ballet*, un gran espejo y junto a un ventanal una mesa alta de dibujo. En ese espacio compartido, mientras ella bailaba, él trabajaba en sus diseños con la música de fondo. Era su refugio. Al escuchar la historia, nos enamoramos de la casa, nos miramos, sonreímos y Jorge dijo:

—Nos la quedamos, por cierto, ¿podemos conocer a sus dueños?

—Lo siento, tendréis que esperar a conocerlos el día de la compraventa porque se han mudado a otro país, por eso la tienen a la venta —dijo el agente.

—¿Me puedo quedar con la mesa alta? —pregunté.

—Sí, se vende con todo el contenido, tal y como está —dijo el agente—, pero tiene una pega, que la venta no es inmediata, tendréis que dejar una señal como contrato de arras y esperar a que ellos puedan venir a firmar, no tenemos poderes para venderla nosotros. Serán unos meses, no demasiado.

—No hay problema, espero que podamos venir este tiempo a tomar medidas para los muebles o reformas —dijo Jorge.

—Sí, no habrá problema con eso —respondió el empleado de la inmobiliaria.

Capítulo 20: México lindo

Enseguida Jorge llenó el piso de revistas de decoración y empezó a llamar a empresas de reformas. Yo le decía que se relajara, que había tiempo, puesto que no estábamos viviendo bajo un puente.

—Tienes razón, cuando se me mete algo en la cabeza, me obsesiono con ello. Vamos a aparcarlo unos días y preparamos las cosas del viaje.

En unos días nos íbamos a México, mitad trabajo y mitad placer. Jorge tenía una colaboración con un artista mexicano y nos invitaba a pasar unos días en su casa en Cancún. Era una gran oportunidad para que la carrera de Jorge se lanzara al mercado iberoamericano y, aunque Cancún no fuera el sitio que hubiéramos elegido para hacer un viaje por ser demasiado turístico, no íbamos a rechazar la oportunidad de viajar juntos y encima con los gastos pagados.

Como en nuestro anterior viaje, fuimos al aeropuerto por separado y nos comportamos como desconocidos, incluso dentro del avión, el cual estaba lleno de turistas españoles. Una vez en el aeropuerto de Cancún, nos recogieron y nos llevaron a casa de nuestro anfitrión, Diego. Cuando estuvimos allí fuimos de nuevo libres para volver pasear de la mano y exponernos en público como una pareja normal.

La casa de Diego era preciosa, blanca en el exterior, pero decorada con mucho color en el interior. Tenía un precioso y cuidado jardín y una piscina desbordante. Nos recibieron con una deliciosa comida tradicional y nos prepararon una íntima habitación con baño propio y salida directa al jardín.

—Bienvenidos, pareja, estáis en vuestra casa. Cualquier cosa que necesitéis decídmelo. Ahorita estaréis cansados, pero cuando os recuperéis haremos alguna visita y nos ponemos al día con la música —nos recibió Diego muy cariñoso.

—Gracias por todo —dijo Jorge.

Efectivamente, estábamos agotados del viaje, pasamos el día entre la piscina, la hamaca y la cama.

—De aquí a unos meses, reviviremos esta situación en nuestra propia casa, no será tan lujosa, pero estará a la altura —dijo Jorge mientras me besaba tumbada en la hamaca.

—Dirás tu casa.

—No seas así, llevo meses viviendo en tu casa y he sentido que era la mía. Será nuestro nuevo refugio.

—De acuerdo. Por cierto, ¿de qué conoces a Diego?

—Nos presentó un directivo de la discográfica y rápido hicimos amistad. En México es muy conocido, pero es una persona muy llana, te va a gustar.

Jorge se acomodó en mi hamaca para tomar el sol juntos y aprovechar para acariciarme. A mí me encantaba mirarlo: su torso desnudo, tan torneado ahora por el deporte, el vello que le asomaba en el pecho, su piel que enseguida se bronceaba por el sol. Sentía una atracción que no había sentido antes por un hombre, era algo hipnótico, como un imán que además se activaba con cada caricia, así que también empecé a recorrer su cuerpo con mis manos.

—Tenemos que parar, Jorge, estamos en medio del jardín, nos pueden ver.

—Vamos a la habitación —me propuso.

—Por cierto, desde el primer día que te vi desnudo tengo una curiosidad.

—¿El día del famoso baño en la piscina helada o cuando me hiciste el electro?

—El día del electro no tenía ojos de mujer sobre ti...

—Ya, ya. ¿Qué quieres saber?

—No tienes tatuajes.

—Eso es otro falso mito sobre los músicos. En realidad, me gustan, pero no tengo algo tan claro y firme como para querer tatuármelo de por vida, al menos de momento. Tú tampoco tienes, así que, si un día nos decidimos por algo, lo hacemos juntos.

—Lo veo chungo, me pasa algo parecido. Pero acepto el reto —le dije mientras cerrábamos el trato con un beso.

—Cuando tengamos nuestra casa, te voy a hacer el amor en cualquier sitio del jardín, en las hamacas, en la piscina, en el césped... —dijo Jorge mientras me arrastraba a besos hacia la habitación.

Pasamos en México doce días y no paramos ni un momento. He de admitir que me gustó más Cancún de lo que esperaba. Tiene unas playas espectaculares de arena fina y aguas turquesas. La ciudad es menos turística y más auténtica que la zona donde están los *resorts* y, aunque menos conocidas, también tiene unas ruinas arqueológicas. Además, hicimos excursiones a Tulum y Chichén Itzá, uno de los días nos bañamos en un cenote de la Riviera Maya y otro día visitamos la isla de Cozumel.

El resto del tiempo, los artistas se concentraban en el estudio, ubicado dentro de la misma casa. Yo aprovechaba para estar en la piscina relajada, pasear por la playa, aprender gastronomía mexicana con Sofía, la cocinera, o trastear por el jardín con su marido Gabriel.

Una tarde estábamos relajados y acaramelados en la piscina, cuando Sofía nos interrumpió para despedirse:

—Disculpen, señores, me tengo que ir. Les he dejado la cena preparada.

—No te hubieras molestado, lo podemos preparar nosotros o ir fuera a cenar. Hoy no ha venido Gabriel, ¿te vas sola? —le pregunté extrañada.

—Gabriel no ha venido hoy, está enfermo, por eso me voy antes —dijo Sofía muy decaída.

—¿Qué le pasa? —preguntó Jorge.

—Ay, no quiero molestarlos con mis problemas. Le pasa a menudo —dijo Sofía, quitándole importancia.

—Sofía, te conté que soy médica, igual os puedo ayudar.

Salí de la piscina y le pedí a Sofía que me explicara qué le pasaba mientras me secaba. Sofía me relató que Gabriel llevaba tres años con los mismos síntomas: dolor abdominal, diarreas y fiebre con duración de uno o dos días. Estaban muy apurados porque no le diagnosticaban nada. Llevaban casados dos años y no querían tener hijos hasta saber qué le pasaba.

—Qué te parece si te acompaño a casa, lo examino y miro las analíticas y pruebas que ya tenéis hechas —me ofrecí.

Aunque Sofía se mostró reticente en un principio, finalmente la convencimos. Pedimos prestado a Diego el coche y la acompañamos a su casa. Era una casa modesta pero muy bonita. Sofía y Gabriel solo tenían veinticinco años, pero ambos eran muy trabajadores y responsables y casi como de la familia de Diego. Llevaban trabajando cinco años para él y allí en su casa fue donde se conocieron y enamoraron. Diego organizó la boda en los jardines de la casa y fue su padrino

Después de ver las pruebas que le habían hecho a Gabriel y de examinarlo y hablar con él, tuve una ligera idea de lo que le pasaba.

—No puedo diagnosticarlo sin hacerte más pruebas como una nueva analítica de sangre, un cultivo de heces y una colonoscopia. Pero probablemente, sea enfermedad de Crohn.

—¿Es grave? —preguntó Gabriel.

—Es una enfermedad crónica, pero con tratamiento no es tan grave. Ahora, en casa de Diego, te voy a hacer un pequeño informe con mi nombre y número de colegiada y buscaré en Internet algún médico especialista de la zona para que te hagan esas pruebas e inicies cuanto antes el tratamiento. Cuando esté en España si quieres podemos seguir en contacto.

—Muchas gracias, Leo. Bueno, doctora —dijo Sofía entre lágrimas.

Más tarde en el coche, de camino a casa de Diego, comprendí que ser médica estaba dentro de mí, en mi ADN, al igual que a Jorge le corre música por la sangre. Comprendí que por mucho *glamour* que tuviera ser la mujer de un músico, los viajes, las fiestas, el éxito o los caprichos, necesitaba seguir tratando, cuidando, curando y ayudando a las personas.

—¡Qué silencio! ¿Estás preocupada por Gabriel? —dijo Jorge para romper un silencio que se estaba haciendo incómodo.

—No, va a estar bien. El diagnóstico precoz le favorece. Es joven y sano, le irá bien el tratamiento.

—Me alegro de que la casualidad haya hecho que se encontrara contigo.

—Sí, pero ¿te has dado cuenta de que no puedo dejar de ser médica? En ningún sitio, en ninguna circunstancia. De que la medicina es mi vida, como la música es la tuya.

—Por supuesto, nunca lo he dudado. Esto es un viaje, un descanso por tu trabajo, nada más.

—Ya, pero son dos profesiones tan dispares. —Traté de que Jorge entendiera cómo me sentía—. Tú tendrás viajes, conciertos, giras y yo guardias, cursos, congresos.

—Y tendremos que ser capaces de combinarlo, como estamos haciendo hasta ahora. Yo nunca te pediría que dejases la medicina, como yo nunca renunciaría a la música. No te preocupes antes de tiempo, la prevención está bien, pero no pongas la venda antes que la herida.

Aunque era muy razonable lo que Jorge exponía, mis miedos, también razonables, me invadían. En cambio, me propuse relajarme el resto del viaje, disfrutar e intentar no pensar tanto como siempre me recomendaba Paula.

El último día, Diego nos preparó una fiesta de despedida. Como en otras en la que las que había estado con Jorge, todo rondaba alrededor de la música. Yo ayudé en la cocina a Sofía a preparar comida mexicana, que cada día me gustaba más, aunque aún me costaba tolerar el picante. Los chicos adornaron el jardín, porque tanto Diego como Jorge son muy hábiles y manitas.

No fue una fiesta multitudinaria, pero sí muy divertida. Como no podía ser de otra forma corría la cerveza, los margaritas y el tequila. Y al igual que en las fiestas con otros músicos, alguien tomó una guitarra para tocar algo enseguida. A mí me sigue sorprendiendo que toquen de oído, sin partitura, pero claro, yo soy pésima en tocar cualquier instrumento, ni la flauta dulce cuando iba al colegio.

—Córrele, Jorge, tocá algo de acá —le dijo Diego.

—No sé, hay mucho maestro que me observa, no soy muy de rancheras, ni corridos, ni mariachis —dijo Jorge riéndose.

Jorge se quedó pensativo, le dijo algo al oído a otro músico, cogieron las guitarras y Jorge empezó a cantar, susurrando cada palabra, acariciando cada nota en las cuerdas: «Cómo quisiera poder vivir sin aire. Cómo quisiera poder vivir sin agua. Me encantaría quererte un poco menos...».

Cuando terminó de cantar, todos aplaudieron, y yo me lancé a él, lo besé en los labios y lo abracé.

—Cómo te quiero, qué bonito lo dices todo —le dije muy sonriente.

—Ahora te toca a ti, esto como venganza por ponerme celoso con Hans.

—¡¿Qué?! —exclamé.

—¿Sabéis que mi chica tiene una voz muy bonita? Ahora va a cantar ella —pregonó Jorge para que todos los asistentes a la fiesta me prestaran atención.

—Pues no lo sabía, doctora y cantante, qué completa, elegiste bien, pendejo —dijo Diego.

Me quedé pensativa, no sabía qué canción cantar, empecé a pensar en cantantes mexicanas y repasé mentalmente las clásicas como Chavela Vargas o Paquita la del Barrio, pero no me veía a la altura. Después pensé en las más contemporáneas como Paulina Rubio, Thalía o Gloria Trevi, pero no recordaba las letras de las canciones. Miré al tequila que tenía en la mano y llegó la inspiración.

—¿Sabes tocar *Limón y sal* de Julieta Venegas? —pregunté al oído a uno de los músicos.

—¿Por qué no me lo dices a mí? —dijo Jorge torciendo el morro.

—Por malo, ahora le sigues... Si te la sabes —le provoqué.

El otro músico empezó a tocar y yo lo seguí cantando, para cuando llegué al estribillo, Jorge ya se había incorporado y todos nos coreaban: «Yo te quiero con limón y sal, yo te quiero tal y como estás, no hace falta cambiarte nada. Yo te quiero si vienes o si vas, si subes y si bajas y no estás, seguro de lo que sientes».

Al acabar, mi cara estaba completamente roja, tenía la boca seca y me terminé el tequila de un trago.

—Además es bien simpática, hermano, que no se te escape —le dijo Diego a Jorge sin parar de reír—. Doctora Cantarina la voy a llamar ahora.

—Eres genial, doctora Cantarina, y ten cuidado con el tequila, que lo carga el diablo —me advirtió Jorge.

—Ups, espero no haber provocado al lobo, hoy es luna llena —le dije ya un poco pedo.

—¿Cuándo acaba la fiesta?, ¿esta gente no se cansa? —dijo Jorge sin parar de reír.

Espero que Diego durmiera profundamente, porque casi tiramos la habitación abajo. Era nuestra última noche en México, pero parecía que se iba a acabar el mundo. Nos volvimos un amasijo de besos, caricias y fue el sexo más bestial que habíamos tenido hasta entonces. No quedó un rincón donde no me besara ni donde no me acariciara, al igual que yo a él.

«He memorizado cada centímetro de tu piel, donde tienes cada lunar, lo que te hace cosquillas, lo que te hace suspirar, lo que te estremece, conozco tu ay y tu ahí y he determinado que estás hecha a mi medida». Jorge es único para hacer declaraciones de amor, cada una es una canción, un poema.

Capítulo 21: Choque de trenes

Nos relajamos tanto en México que a nuestra vuelta fuimos descuidados y no seguimos las medidas de precaución como habíamos hecho en otros viajes. Esto hizo que nos fotografiaran en el aeropuerto de Cancún agarrados de la mano, besándonos y en actitud cariñosa.

En pocos días, las fotos estaban en algunas revistas del corazón. En una de ellas publicaron junto a mi foto un *ranking* de novias de Jorge. Salvo la chica de la discográfica y su novia formal de Granada, las demás no habían mantenido ninguna relación sentimental con él, era un listado falso de amigas, cantantes y hasta una actriz que había protagonizado un video suyo. El título del artículo era: «¿Quién es la misteriosa rubia con la que se ha escapado Jorge Álvarez a México?».

—Ya tienen carnaza, se habrán quedado a gusto. «Quién es la rubia» y el puto *ranking*, ¿se puede tener más mala leche? —Y mis palabras destilaban rabia y acidez.

—No hagas mala sangre, como dice mi madre, no tienen nada y por eso han rellenado el artículo con el *ranking*.

—Me sienta mal por ti, te tratan como un *playboy*.

Pero no podíamos estar más equivocados pues tenían algo más y a la semana siguiente publicaron un nuevo artículo hablando de nosotros. La foto de Jorge era de archivo, en el texto relataban las dedicatorias de los conciertos y la información que tenían de mí. «La bonita rubia es médica en un hospital público madrileño y llevan juntos casi un año. Se conocieron en uno de sus conciertos».

—Alguien les ha ido con el cuento, alguien que te ha reconocido y ha atado cabos, aunque no les ha informado del todo bien —dijo Jorge apesadumbrado.

—No quiero saber quién ha sido.

—Mañana hablo con el abogado de la discográfica, le voy a pedir que emita un comunicado en mi nombre, indicando que pido respeto a tu intimidad dado que eres una persona anónima. De esta manera, no podrán publicar tu nombre, ni más datos y menos en qué hospital trabajas.

—Me parece buena idea, me dejas más tranquila.

Pero no era verdad, no estaba más tranquila. Estaba por dentro como una olla a presión, cada vez le daba más vueltas a lo diferentes que éramos y pensaba que íbamos a diferentes velocidades. Todo esto me estaba causando mucho impacto, perder el anonimato, me sentía al borde de un abismo, con unas vistas impresionantes, pero con un vértigo insuperable.

Lunes, reunión de las dobles parejas. Esta vez en el piso nuevo de Paula y Javi, el cual ya parecía un hogar. Esa noche celebrábamos que ya conocíamos el sexo del bebé. Los chicos estaban tomando medidas en la futura habitación del peque, pues querían encargarse ellos mismos de la decoración y los muebles mientras nosotras nos confesábamos en el salón.

—Ya estás gordita y vaya tetas. Pero estás muy guapa —le dije a Paula tocándole la tripilla.

—No es solo el embarazo, soy feliz, inmensamente feliz. Ahora cuéntame tú, tus novedades.

Le puse al día de los planes de la casa nueva, del viaje y de las fotos en las revistas, pero también de mis miedos y de la inseguridad que sentía en mi relación con Jorge.

—Lo siento, pero no estoy de acuerdo —intervino Paula—. Javi y yo también somos de dos mundos diferentes y lo llevamos bien. ¿Puede fallar? Pues claro, pero que no sea por no haberlo intentado. Te acuerdas de Miguel, ¿no?

—No sé qué tiene que ver Miguel en esto.

—Mucho. Pertenecíais al mismo mundo, del mismo gremio, supuestamente teníais muchas cosas en común y salió como el culo. Perdona la expresión, pero tenías más cuernos que Bambi y eso que no iba de gira, pero por lo visto tenía muchas fans y la bragueta muy ligera.

—Joder, Paula, qué clarita eres. Pero Bambi no tenía cuernos.

—Cuando se hizo mayor sí, boba. Vamos a ver qué hacen los chicos, miedo me dan.

Estaban tirados en el suelo de la futura habitación del bebé, rodeados de folios cuadriculados, un metro y pinturas de colores, parecía la vuelta al cole. Paula me rodeó con sus brazos y me susurró al oído:

—¿Todavía tienes dudas? No vi a Miguel ayudarte a montar un puto mueble del Ikea de tu piso.

Asentí la cabeza y tragué mis lágrimas mientras me echaba también en el suelo para ayudar a los chicos.

—Veo que sabéis bien lo que hacéis —les dije.

—¿Pero tú qué te piensas? Hijos de albañil y nietos de ebanista. Lo llevamos en la sangre —dijo Javi.

—Pero no os lieis mucho, tenemos que cenar y Jorge se ha traído la guitarra para darnos un pequeño concierto —les recordé.

Durante la cena, los hermanos nos explicaron detenidamente los planes que tenían para la habitación. Jorge quería diseñar y pintar un mural él mismo en la pared. Los dos hermanos estaban muy ilusionados, Paula y yo los escuchábamos y sonreíamos como dos bobas. Al final de la cena, Jorge tomó su guitarra y, además de interpretar la canción que había compuesto con Diego, nos adelantó un poco de una canción para Jon. Nos emocionó mucho, fue una gran sorpresa.

Cuando estábamos en casa, le pedí a Jorge que no guardara la guitarra, me apetecía que tocara algo para mí. Le pedí nuestra canción, *Entre tú y yo*, necesitaba reforzar lo que sentía, disipar mis dudas.

—¿Alguna petición más?

—Sí, tengo una curiosidad...

—Te estás volviendo cada vez más curiosa, no voy a tener ningún secreto para ti.

—Eso espero, en mi última relación había demasiados y no funcionó.

—Por favor, no me compares, las comparaciones pueden ser odiosas —dijo Jorge muy molesto.

—No tenéis comparación. Lo que quiero saber es por qué no cantas en inglés, es un idioma que manejas bien y que estudiaste.

—Tienes parte de razón, pero no me nace componer en inglés. Aunque sí canto en inglés, aprendí guitarra con canciones de los Beatles y viví un año en Mánchester. Venga, a petición de la señorita, voy a tocar una que te va a gustar.

Jorge se concentró, toqueteó el traste de la guitarra probando unos acordes y comenzó a rascar las cuerdas y a cantar: «*There are places I'll remember...*», era *In my life* de los Beatles, terminó la canción a capela, mirándome a los ojos y enfatizando en «*In my life... I'll love you more*».

Me di cuenta de que mis miedos y mis dudas no eran por lo que sentíamos el uno por el otro, sino porque se estropeara algo tan bonito y tan intenso, porque nuestras diferencias nos alejaran en algún momento. Soy un poco pesimista, aunque intento no serlo, pero siempre barajo las partes malas y tengo que aprender a quedarme con las buenas.

Aunque me acosté con un subidón y menos dudas, al día siguiente todo se volvió de nuevo gris. Mi anterior jefe y mi responsable de la residencia me avisó de que tenía algo para mí. Me habían concedido una beca para irme tres meses a Dublín. Ya no contaba con ella, la había pedido cuando sucedió lo de Miguel y me la denegaron por no tener terminada la residencia. No recordaba que había renovado la solicitud el año pasado, justo antes de conocer a Jorge.

Lo peor de todo era que tenía que decidirme en pocos días, dado que me habían cogido de la reserva al fallar otro becado. La beca consistía en desplazarme tres meses a un hospital de Dublín, trabajando en la misma categoría para mejorar mi inglés técnico. Además, me pagarían el alojamiento en piso compartido con los otros becados. Se trataba de solo tres meses, desde marzo a mayo, a tiempo de estar en el parto de Paula.

No lo dudé y les escribí un *mail* con mis datos aceptando la beca, era una oportunidad única. Traté de reforzar mi decisión, diciéndome a mí misma que no antepondría mi carrera a nada ni a nadie y llamé a Paula para contárselo.

—Joder, Leo, me parece fatal que hayas aceptado con tanta prisa. Podrías al menos haber esperado a decírselo a Jorge antes de contestar al *mail*. Él siempre cuenta contigo cuando toma una decisión.

—¿Qué quieres decir?, ¿que lo deje todo por él? —dije enfadada.

—No, estás equivocada, me parece bien que aceptes la beca, solo que no pasa nada por contárselo a él antes, de eso tratan las relaciones de pareja. —Y habló Paula, la voz de mi conciencia.

Llegué a casa cabizbaja por la regañina de Paula, Jorge me lo notó según me miró a los ojos y no se lo oculté. Jorge no me dijo nada por no haberle consultado antes, en cambio se alegró mucho por la oportunidad, empezó a hacer planes y a mirar su agenda para programar un viaje para vernos. Entonces, sentí que me faltaba el aire, el espacio y me empecé a agobiar.

—Jorge, creo que esto lo tengo que hacer sola.

—Sí, claro, yo tengo cosas que hacer aquí y supervisar las obras de la casa. Pero puedo hacer hueco e ir a verte o venir tú, los vuelos Madrid-Dublín son baratos y frecuentes.

—Sola me refiero a dejar en paréntesis lo nuestro.

—¡¿Me estás dejando?! —dijo Jorge fuera de sí.

—No, no es eso, es que no creo en las relaciones a distancia. No quiero volver a casa y darme con los cuernos en la puerta.

—Leo, estás sacando las cosas de quicio, ¿no confías en mí? Yo en ti sí. Me estás comparando de nuevo con Miguel y yo sé tener la polla bien guardada.

Nunca le había escuchado hablar en esos términos, su voz sonaba grave, era como un animal herido y tenía los ojos vidriosos. Entonces le conté mis verdaderos motivos, mis dudas y mis mayores temores:

—Jorge, estás ciego. No ves que somos de dos mundos diferentes y que en algún momento esto va a explotar. Cada día que pasa te quiero más y sé que, si esto pasa más adelante, me hará más daño.

—No sabía que eras tan cobarde. Es un viaje, no es razón para que me dejes. Yo viajaré por giras o trabajo y, cuando esto ocurra, los dos tendremos que remar a favor, pero tú te tiras de barca y prefieres ahogarte antes que buscar soluciones —dijo Jorge con los ojos empapados.

—Tienes razón.

—¿Y ya está? Pues, quédate, quédate conmigo, no en un sentido literal. Haz el viaje, vive la experiencia, pero después vuelve a mí, yo te estaré esperando. Te amo, Leo, y sé que tú sientes lo mismo por mí.

Nos abrazamos, nos besamos y lloramos. No había llorado tanto nunca. Hicimos el amor y también lloré al acabar. Era el principio del fin.

En los días siguientes, me ayudó a preparar todo lo referente al viaje, pero nos mostrábamos taciturnos y, cuando hacíamos el amor, lo hacíamos como si fuera la última vez. Hasta que llegó el día de la despedida. Jorge esperaba que yo hubiera recapacitado esos días, pero yo seguía confusa.

—¿Sigues pensando en que nos demos un tiempo?

—Sí, lo necesito.

—Me lo imaginaba. ¿Puedo quedarme aquí unos días? A la casa aún le queda mucho y no me apetece estar en un hotel.

—Sí, claro.

—Aunque será raro, es nuestro refugio y me faltarás tú.

—Te quiero, Jorge, eso no lo olvides. Pero ya me conoces, soy un poco antisocial, no me manejo tan bien en los sentimientos y en las emociones como tú o como Paula. Esto me vendrá bien, aprenderé inglés y ordenaré mi cabeza, te lo prometo.

—Me gustas tal y como eres. No quiero que cambies. Solo que no me olvides, que no olvides el camino de regreso a mí.

Sonó el portero automático, era mi padre, venía a buscarme para llevarme al aeropuerto. Nos abrazamos y nos dimos un beso eterno. Bajé a la calle con el sabor de su boca aún en mis labios y sollozando. Mientras guardaba las maletas en el maletero, Jorge me observaba desde la ventana, estaba llorando y dibujaba un corazón en el cristal con mi barra de labios roja. Era el pintalabios que llevaba la noche del concierto en Barcelona.

Capítulo 22: Irish Adventure

Al llegar, Dublín me pareció gris y con poco encanto. El clima húmedo y a menudo lluvioso no ayudaba. Los primeros días solo iba de casa al hospital, adaptándome a las nuevas rutinas y haciendo «oído». Mi inglés, pese a que tenía buen nivel académico, estaba algo oxidado y, además, el inglés que se usa en un hospital no es como el que se aprende en la escuela de idiomas o el que usamos para viajar.

Vivía en un piso compartido con los otros médicos becados y solo uno de ellos era chico. Se llamaba Rafa y era médico intensivista del Hospital de la Fe de Valencia, las otras dos compañeras eran Ángeles, oftalmóloga, y Marta, cardióloga, ambas ejercían en el Clínic de Barcelona y ya se conocían antes del viaje a Dublín, por lo que hacían piña, mientras a Rafa y a mí nos dejaban un poco de lado.

Yo pasaba muchas horas en el hospital empapándome de todo y, cuando llegaba al piso, descansaba o llamaba a mi familia. Paula siempre insistía en lo mismo, que Jorge vagaba como alma en pena entre su casa y el refugio. Jorge y yo nos llamábamos a menudo, pero no todos los días, me consta que deseaba hablar más conmigo y venir a verme, pero no lo hizo, quería dejarme mi espacio y yo me mostraba distante y agobiada por estar fuera de mi zona de confort y no poder controlarlo todo, como a mí me gusta. Sin embargo, no había vez una vez en la que habláramos en la que no me dijera cuánto me quería.

Con mis compañeros de beca y piso no había mucho *feeling*, la verdad es que yo me presto poco a las relaciones personales en el trabajo y las chicas no me hacían mucho caso. En cambio, Rafa me hablaba un poco más, compartía su cena conmigo o me preguntaba por el trabajo en el hospital. Cuando ya llevaba un mes en Dublín, me propuso salir de excursión con él:

—¿Conoces Dublín? Este fin de semana libramos y va a salir el sol, algo no muy frecuente aquí.

—Solo conozco lo que hay entre el hospital y el piso. No me ha dado tiempo a hacer mucho turismo —le confesé.

—¡No jodas! No me digas que aún no has probado una pinta de cerveza en un *pub*.

—Pues no.

—Pues si quieres hacemos una ruta, un *free tour* o algo así, ¿te apetece? —me propuso Rafa.

Acepté la propuesta, ya habían bromeado alguna vez con que era la típica borde madrileña y no quería quedar mal y darles la razón. Pensé que íbamos a ir los cuatro, pero «Conexión Barcelona» nos dejó tirados.

El sábado por la mañana quedamos con el guía y recorrimos lo más importante de la ciudad, como el ayuntamiento, la catedral, el castillo y el barrio de Temple Bar. Nos mostraron las reliquias medievales y los restos vikingos de la ciudad. Después comimos en un *pub* con bufé y probamos algunos platos como el estofado y las salchichas con puré acompañándolo de unas pintas.

Por la tarde, como hacía bueno, paseamos por la zona del Trinity College y, con el sol, Dublín no me pareció tan feo. Rafa y yo tuvimos las típicas conversaciones de médicos, sobre nuestras residencias y de nuestros respectivos hospitales.

Después de ese día, nuestra relación fue más estrecha, al menos tenía a alguien con quien ir y venir al hospital y dejé de comer sola. Poco a poco, hablábamos más de nuestra vida personal. Pese a ser joven, treinta y cinco años, Rafa había viajado mucho, tenía mucha experiencia laboral y aspiraba a ser jefe de servicio.

—¿Y qué haces aquí ahora? —le pregunté curiosa.

—Ganar puntos para ser jefe. —Rio abiertamente—. Mentira. La verdad, olvidar a una mujer.

—Casi como yo.

—¿También para olvidar a una chica?

—No, pero parecido. La primera vez que solicité la beca fue tras una ruptura, para poner tierra de por medio porque ambos trabajábamos en el mismo hospital, pero no me la concedieron.

—Y... ¿ahora te espera alguien en Madrid?

—No lo sé.

—Cómo te gusta el misterio, «casi», «no sé», «es posible», «puede».

—No soy muy devota de hablar de mi vida privada, pero bueno, ya que has sacado el tema. Antes de venir dejé en paréntesis una relación. Así que no sé qué pasará a la vuelta.

—¿Y eso? ¿No funcionaba?

—¡Qué va! Es una relación muy especial, nos queremos mucho, lo he dejado bastante jodido antes de irme, pero necesito aclararme. Él es músico y su vida es completamente opuesta a la mía, me da miedo que no funcione

—Me dejas de piedra, pero es cierto que es complejo. Nosotros los médicos somos más pragmáticos, vivimos en la realidad. Los artistas viven en una realidad paralela, todo es más fantasía, es normal lo que te sucede, a mí me pasaría igual. ¿Quién es? ¿Es muy conocido?

—Eso es *top secret*. Además, seguro que no lo conoces.

—Estaré atento a la música que pones. Pero si aceptas mi recomendación, vive tu vida, cumple tus sueños, que nada te detenga y menos un tío, por muy buen músico que sea.

Mi relación con Rafa en esas últimas semanas se afianzó más. No era mi tipo de hombre, pero podría llegar a serlo, era lo que me convenía. Con él podría tener un proyecto de vida en común, sin fantasías, con los pies en la tierra. Compartiríamos profesión, horarios y vacaciones similares, estabilidad. Pero Jorge, él sí que era mi tipo, física e intelectualmente, no me lo quitaba de la cabeza, aunque lo intentara, ponía su música en los AirPods y me acostaba escuchándole. Todo lo que decía en sus canciones parecía que hablaba de nosotros, aunque tenía que borrarlo de mi cabeza y de mi corazón, porque nuestra relación era imposible.

Unos días después, casi al final de mi estancia en Dublín, recibí una llamada de Jorge, yo estaba más confusa que nunca y sé que le hice daño, mucho daño.

—Jorge, me pillas cansada, vengo de doblar turno en el hospital.

—Lo siento, no quería molestarte, solo un minuto, ¿qué tal estás?

—Cansada.

—Vale, te llamo en otro momento, que tengas felices sueños. Si estuviera allí, te daría un masaje en los pies.

—Jorge, no tienes que decir o hacer cosas por agradarme. Tienes que hacer tu vida. No puedes depender de mí, no soy tu puto *coach*, ni tu psicóloga. Te dije que me dejaras tiempo para pensar.

—Soy gilipollas. Era para contarte cosas de la casa y otras historias. Descansa, te vendrá bien. —Jorge terminó la frase y me colgó.

Cuando me pongo así, soy peor que la niña del exorcista y además por teléfono, sin contacto visual y a dos mil kilómetros sonaba todo aún peor. No me dijo te quiero al colgar, no me llamó en las dos semanas que me quedaban allí, ni me envió un solo mensaje. Lo peor, que yo me quedé tan ancha, sin un puto remordimiento, como aliviada. Se lo conté a Rafa y, claro, él me dio la razón. Me dijo justo lo que quería escuchar. Que yo le gustaba a Rafa era evidente y, unos días después de la llamada de Jorge, salimos una noche a tomar unas pintas de cerveza y, al volver a casa, en la puerta de mi habitación, me besó, pero yo me retiré.

—Perdona, sé que es pronto, pero me gustas —me dijo disculpándose por el intento de beso.

—No quiero ser borde, pero lo de un clavo saca otro clavo no me va.

—¿Y una mancha de mora con otra verde se quita? —dijo Rafa riéndose.

—Necesito tiempo.

—Nos quedan pocos días aquí, pero si te apetece, cuando volvamos a España nos podemos ver.

—Yo vivo en Madrid y tú en Valencia. Y tengo que estar con mi hermana que da a luz en junio y reincorporarme al trabajo.

—En vacaciones podrías pasarte por Valencia. Te enseñaré todos sus rincones y, después de tres meses grises, la luz del mediterráneo te vendrá bien —insistió.

—No te prometo nada, pero valoraré la propuesta.

No volvió a intentarlo. Pero el intento de beso empeoró mis dudas. En unos días nos despedimos para volver cada uno a nuestra casa. En el aeropuerto, dado que mi vuelo salía antes que el suyo, me acompañó a la puerta de embarque, me dio un abrazo y me recordó la propuesta:

—Ya sabes: Valencia, playa, paella, Albufera, tú y yo...

Yo no le contesté, pero admito que la propuesta y su insistencia, junto a mis dudas en mi relación con Jorge, fueron suficientes para sembrar una posibilidad.

Capítulo 23: Nacer y renacer

En el aeropuerto de Barajas me esperaban mis padres y Paula, la cual estaba muy gordita y se la notaba cansada o quizá enfadada.

—Ahora hablamos, bonita, cuando estemos en tu casa. No tienes corazón, eres Elsa la de *Frozen*.

Mis padres me dejaron en mi casa y Paula subió un momento con la excusa de explicarme una cosa. La casa estaba limpia y ordenada, pero ni rastro de las cosas de Jorge, ni una sola camiseta.

—¿Dónde está Jorge? —pregunté, aunque no me extrañaba su ausencia.

—¿Qué pensabas?, ¿qué estaría aquí esperándote? No sé nada él desde hace días. Estuvo aquí, luego vagando por mi casa hasta que un día vomitó en el salón porque había bebido de más y Javi le puso las pilas. Creo que está en la casa nueva, pero no sé dónde dormirá, porque la última vez que fuimos todo estaba en obras.

—No quería hacerle daño.

—Toma las llaves de tu piso, me ha dicho que te las devuelva. ¿Sabes por qué te llamo ese día? El abuelo Juan está muy malito. Es ley de vida, tiene noventa años, pero

Jorge está jodido y te lo quería contar. Javi solo espera que pueda conocer a Jon.

—Me he pasado —dije tapándome la cara con las manos por la profunda vergüenza que me hacían sentir mis actos.

—Preguntas o afirmas. Tres pueblos. Cree que has conocido a alguien, dice que lo de dejarlo antes de irte a Irlanda le recuerda a los que se van de Erasmus. Desde luego te has comportado igual que los alumnos de Erasmus. Espero que te haya merecido la pena —dijo Paula con una mezcla de tristeza y enfado en su rostro.

—Voy a llamarlo ahora mismo.

—Espero que te lo coja, a Javi no le contesta desde la bronca y ha cancelado todos los compromisos de este verano.

Efectivamente no me contestó a las llamadas. Así que le escribí.

Leo: Entiendo que no me cojas el teléfono, soy una perra del infierno. Solo dime que estás bien. Siento muchísimo lo del abuelo Juan y mi horrible comportamiento contigo.

Después de escribirle, llamé a su madre para preguntar por el abuelo. Agradeció mi llamada, no me dijo nada de mi ruptura con su hijo, todo lo contrario, fue muy cariñosa conmigo. Pero estaba muy triste, el abuelo se apagaba, su insuficiencia respiratoria empeoraba y su corazón estaba muy débil. Antes de colgar, me dijo:

—Jorge está aquí, ¿quieres que te lo pase?

—¡Ah!, ¿sí? Y ¿se quiere poner? —dije muy nerviosa.

—No seáis quinceañeros, pues claro —dijo su madre, pasando el teléfono a Jorge.

—Hola, gracias por llamar. Yo, yo, no tenía fuerzas para cogerte el teléfono —dijo Jorge con voz muy bajita—. Pero te iba a contestar el mensaje.

—No te preocupes, lo entiendo. Me pasé y mucho. Me siento fatal, me he portado contigo peor que mal —me disculpé sinceramente.

—Ahora eso no importa, necesito estar en casa, pasar tiempo con mi abuelo, despedirme. Eso es lo que realmente me importa. Estaré aquí hasta que Paula se ponga de parto, en ese momento mi madre y yo iremos a Madrid.

—Claro, ya queda poco. Yo los ayudaré, ya que estoy aquí.

—Leo...

—¿Qué?

—Nada, nada, gracias. Nos vemos en Madrid.

Realmente estaba mal. Jorge acostumbra a ser más hablador, normalmente tiene un timbre más alto de voz, pero ese día estaba apagado, sin energía, adormecido. Y a mí me apetecía estar junto a él y abrazarlo, pero lo había liado todo y ya no podía echar marcha atrás.

Al día siguiente fui a casa de Javi y Paula, con las orejas gachas, me moría de vergüenza por encontrarme con Javi desde la ruptura con su hermano. Pero me recibieron muy cariñosos, me acerqué a él para darle mi apoyo y, todo lo contrario a lo que esperaba, no me rechazó, sino que me abrazó fuertemente.

—Me vas a decir de nuevo que la he liado, pollito —le dije a Javi mientras le abrazaba.

—No, no me voy a meter. Son cosas que tenéis que hablar entre vosotros. Tampoco él ha estado muy fino estos días.

Les traje regalitos para todos y especialmente para Jon, ya quedaba poco para verle la carita. Me invitaron a ver la habitación del bebé que ya estaba terminada. Jorge había pintado un mural precioso, era la partitura de la nana que había compuesto para su sobrino y unos músicos caminaban sobre el pentagrama. Al verlo, se me cayeron las lágrimas hasta la barbilla.

—En esto sí ha estado fino, le ha dedicado muchas horas. En cambio, en lo de la pota en el salón no ha estado a la altura —dijo Javi.

—Vino hecho un asco, eran las ocho de la mañana, intentó sentarse en el sillón, se cayó y vomitó —contó Paula apenada.

—Yo no lo había visto así nunca. Lo duchamos, lo acostamos y, cuando despertó, discutí con él, recogió sus cosas de aquí y de tu piso y se trasladó a la nueva casa. Después desapareció, pero sé que está en Granada —intervino Javi.

—Lo sé, ayer hablé con él. Bueno, me lo pasó tu madre, está jodido, pero está bien —dije.

—Tengo que pedirte un favor, no como la ex de mi hermano, sino como cuñada y amiga. Mañana llevan los muebles de la cocina de Jorge y nosotros tenemos revisión y monitores. ¿Puedes ir tú?

—Claro, cuenta con ello.

Al día siguiente fui pronto a la casa para esperar los muebles. La reforma estaba terminada, tal y como lo habíamos proyectado juntos. Pero la casa parecía fantasma, sin muebles, sin vida. No sabía dónde estaría durmiendo Jorge, hasta que pasé a la casita del jardín, el futuro estudio, y allí estaban todas sus cosas acumuladas y un sillón-cama destartalado. Recogí un poco su ropa, no pude evitar acercarla a mi cara y notar que todavía conservaba su olor. Me sobrecogió ver fotos nuestras y partituras tiradas en el suelo.

Menos mal que llegaron a tiempo los montadores de la cocina porque casi me derrumbo. Lo quería muchísimo, lo añoraba, pero Jorge no podía ser tan dependiente de mí, no podía comportarse así. Pasé el día entero en la casa, solo salí a comer cuando lo hicieron los montadores. Ya por la noche, me pasé por la casa de Javi y Paula para devolver las llaves y Paula ya estaba acostada.

—¿Qué te pasa? Ha ido todo bien, ¿no? —le pregunté preocupada.

—Sí, estoy manchando un poco, creo que estoy expulsando el tapón mucoso, me quedan horas o días para ponerme parto.

—¿Habéis avisado a Jorge?

—Sí, le acaba de llamar Javi, vienen de camino. Avisa a tus padres, pero no te vayas, quédate conmigo, tengo miedo, he estado en mil partos, pero no en el mío. No te separes de mí.

—Claro, mi niña, no me voy a separar de ti y entraré al paritorio si a Javi no le importa.

—Si me pasa algo, quiero que tú ayudes a Javi a cuidar del bebé.

—Eres tonta, ¿qué te va a pasar? Ya sabes que puedes contar conmigo para todo. Te quiero, siempre juntas —le dije besándole la frente.

Jon fue madrugador, a las seis de la mañana Paula no aguantaba más, las contracciones eran muy seguidas y había roto aguas. Cogimos la bolsa del bebé y nos fuimos corriendo a nuestro hospital, yo conducía porque Javi estaba muy nervioso y aprovechaba para llamar a su madre.

—Dice que ya están en Madrid, llegaron a la una de la madrugada y se han quedado en un hotel para no molestarnos.

—Es porque yo estaba en vuestra casa —les dije—. Como nosotros estaremos en el paritorio avisaré a Triple

X para que los pase y les diga dónde pueden esperar. Llama también a mis padres.

En media hora estábamos todos en el paritorio, yo vestida de uniforme para colaborar en lo que necesitaran y Javi temblando de miedo. Fue muy rápido, un parto natural sin complicaciones, mamá e hijo estaban perfectos. A las ocho de la mañana Javi cortó el cordón umbilical que unía a Paula y Jon y, una hora más tarde, mamá e hijo bajaron a la habitación donde los esperaban los tres abuelos orgullosos, el papá y el tío. Yo bajé algo más tarde, cuando terminé de saludar a algunos compañeros y lo hice aún vestida con mi uniforme.

Cuando entré en la habitación, me emocionó ver a toda la familia reunida y me impactó ver a Jorge. Estaba más delgado, no se había peinado y llevaba la barba desarreglada. Nos miramos fijamente y nos dimos la enhorabuena mutuamente. Su madre intervino para romper el hielo.

—Ay, Leo, qué guapa estás vestida de médica, nos hemos quedado callados al verte, ni te reconocía.

—Gracias, pero lo que se dice favorecedor, este verde no es lo mucho. —Reí.

—La que de verde se viste, por guapa se tiene. Eso se ha dicho siempre —dijo con su marcado acento andaluz.

Todos rieron y cambiamos de tema, hablamos del parto, del bebé y la mamá. Como estaban agotados, la familia decidió dejarlos solos pronto. Mis padres se fueron a casa y Jorge y su madre a la de Javi y Paula. Yo me quedé a petición de Paula y por la tarde convencí a Javi para que se fuera a dar una ducha mientras yo lo cubría.

Cuando Javi se fue, velé a mi sobrino mientras Paula descansaba, pero como buen padre impaciente volvió rápido para estar con su hijo y su mujer.

—Leo, vete ya a casa y descansa. Llévate mi coche si quieres —me ofreció Javi.

—Estoy agotada para conducir, prefiero coger un taxi.

En la parada de taxis, un coche me hizo señales con las luces y reconocí el coche de Jorge.

—He venido a buscarte, espero que no te importe, venía de camino y me ha dicho Javi que estarías aquí.

—Muchas gracias.

—No te voy a mentir, pero tengo ganas de estar a solas contigo, hace tres meses que no nos vemos —me dijo Jorge tímidamente.

—Yo también quería verte. ¿Me llevas a casa y hablamos allí?

En el coche fuimos hablando de cómo estaba su abuelo y del nacimiento de Jon. Al llegar a casa, lo invité a que subiera y fuera preparando unas cervezas en la terraza mientras yo me daba una ducha.

—Cómo echaba de menos esto —dijo mirando la casa con nostalgia.

—En breve lo estarás haciendo en tu casa. Estuve el otro día, me pidió el favor Javi de atender a los de la cocina, espero que no te moleste.

—No me importa, ¿te gusta cómo está quedando? Estoy atascado en el tema de los muebles.

—¿No ibas a contratar a alguien? —le pregunté extrañada.

—Sí, una decoradora, pero la he despedido —dijo nervioso y yo no entendí el porqué—. Prefiero elegirlo yo mismo.

—Eso te llevará tiempo. Por cierto, te he traído un regalo.

Fui a la habitación y cogí el paquete, era una copia de un vinilo de U2, *The Joshua Tree*. Jorge se quedó sin palabras y empezó a sollozar.

—Joshua, con J, en este disco está *With o without you*... —dijo mirando fijamente el disco.

—Sí, justo por eso lo elegí para ti, ¿te gusta?

—Me encanta y yo en cambio he estado a punto de joderlo —dijo con las manos en la cara.

—¿Qué has hecho?, ¿qué ha pasado?

—Fue justo cuando me dejaste por teléfono. Al día siguiente, estaba con la decoradora, me daba la puta razón a todo: un cuadro horroroso de cinco mil euros y si yo decía «me gusta», ella me aplaudía. Entonces me invitó a su piso para ver la decoración, yo subí, sabía que no era para eso y en cuanto cerramos la puerta, ya estaba arrodillada la altura de mi bragueta, estaba dispuesto a tirármela, pero...

—Pero ¿qué? Ves, lo sabía... —dije llorando.

—No hice nada, no quería hacerlo, solo estaba rabioso porque me habías dejado por teléfono y de esa manera tan cruel. Después vine a tu casa, me acordé del primer día aquí, contándonos nuestra vida tomando cerveza, tú llevabas las mallas y una coleta, nos dábamos cortes y nos reíamos él uno del otro y pensé que jamás te hubieras arrodillado ante mí. Recorrí toda la casa, abrí todos los cajones y me bebí hasta el agua de los floreros, y el resto supongo que ya te lo han contado. Leo, dime que aún me quieres; dime que quieres volver conmigo; dime qué tengo que hacer.

—Te quiero, no te he dejado de querer, he intentado olvidarte, pero no puedo.

Ya no hubo más palabras, solo besos y caricias. Y, de nuevo, me sentí en casa, entre sus brazos, en nuestra cama e hicimos el amor a todo volumen, pobre vecina sorda. Nos quedamos exhaustos dormidos. Nuestra química era bestial.

A la mañana siguiente, yo quería ir al hospital para dar el relevo a Javi y ver qué tal estaban Jon y Paula.

—Vamos juntos. Te llevo a la puerta y yo entro como ayer por el *parking* —me propuso.

—Ves, estas cosas son con las que no puedo lidiar, esta falta de normalidad, no poder ir juntos con naturalidad a ver a nuestro sobrino, tener que jugar al despiste.

—Es por ti, a mí no me importa que nos vean juntos, estoy deseando ir de tu mano, cenar en un restaurante, sentarnos en una terraza o que me acompañes a una gala.

—Jorge, lo de anoche estuvo genial y todo lo que te dije es cierto, te quiero, pero esta relación es muy frágil, se sostiene con pinzas.

—Ya, te entiendo. Quieres decir que esto no ha significado que hayamos vuelto.

—Necesitamos más tiempo —sentencié.

Capítulo 24: Cuando la vida se escapa

El abuelo de Jorge estaba cada día peor. Su otra hija y su mujer estaban en Granada cuidándolo, pero, unos días después del nacimiento de Jon, Paula, Jorge, Javi y su madre pusieron rumbo a Granada, querían que el abuelo conociera a Jon antes de marchar...

Yo tenía que trabajar y me quedé sola en Madrid, con pena de despedirme del bebé y con ganas de ir a ver al abuelo Juan, el cual había sido tan cariñoso conmigo en mis visitas a Granada.

Esos días Rafa se puso en contacto conmigo, él también se había reincorporado a su trabajo y comentábamos que notábamos el cambio de nuestros hospitales con el de Dublín y de nuevo me ofreció pasar unos días en Valencia con él. En esa ocasión no lo descarté, me podría venir bien para despejarme.

Era domingo, solo habían pasado cuatro días desde que se habían ido a Granada, cuando Paula me llamó:

—Siento despertarte. No le cojo la tensión al abuelo, ventila muy mal y tiene esa cara que tú ya sabes...

—Voy para allá —dije decidida.

—No te llamaba para eso. Solo que tenía que decírselo a alguien.

—Avísalos, que se despidan. Me visto y voy, ya sabes lo que se tarda, espero llegar a tiempo.

—Gracias, te quiero, Leo. Ten cuidado con el coche.

Llegué a las dos de la tarde, nadie me esperaba, pero parecía que el abuelo sí lo estaba haciendo. Encontré a toda la familia en la habitación rodeándolo, Jon dormía en su minicuna en la habitación contigua. Me despedí del abuelo con un beso en la frente, su respiración era suave, sin fatiga y su corazón latía despacito. Nadie lloraba, todos estaban tranquilos y hablaban bajito, en la esquina de la habitación estaba Jorge apartado y cabizbajo. Al verlo, lo abracé, le cogí la mano y le dije: «Despídete, que luego no te pese. Haz lo que te nazca en este momento».

Entonces Jorge se acercó a su abuelo, lo besó y le dijo cuánto lo quería. Después empezó a entonar una canción, yo no la conocía, su madre me susurró que era una canción que les cantaba su abuelo a Javi y a Jorge, cuando eran pequeños. A todos se nos escaparon las lágrimas, pero seguíamos tranquilos, no queríamos que Juan nos oyera llorar.

En unos minutos, Juan se fue, rodeado de todos sus seres queridos, habiendo conocido a su biznieto y después de escuchar cantar a su nieto por última vez. Se fue siendo amado. Pero nunca se iría, siempre estaría en los corazones de todos y en una canción que Jorge compuso años después con la historia de los nombres con jota.

Como médico, certifiqué la muerte. Me hubiera gustado que mi nombre apareciera en otro documento más bonito que en el certificado de defunción del abuelo Juan. Pero así les ahorré tiempo y papeleo. Pedí un par de días de mis vacaciones para quedarme hasta el entierro, que fue triste y bonito a la vez, pues eran una familia muy unida. Esos dos días Jorge me pidió que durmiera con él. No se trataba de sexo, necesitaba mi abrazo, mi calor y sentirse acompañado.

La mañana antes de irme a Madrid, me pidió que lo acompañara a un sitio muy temprano, igual que el día en el que fuimos al mirador para ver la Alhambra. Me llevó a un parque donde iba con su abuelo y su hermano cuando eran pequeños. Jorge llevó unas flores que él mismo recogió del jardín de su casa, las dejó en un banco, el mismo banco donde se sentaba su abuelo a comer pipas mientras los miraba jugar al fútbol.

—Alguna vez me sentaré aquí a ver jugar a mi sobrino.

—O a tus hijos —le puntualicé.

—Puede ser, pero me temo que ya no serán contigo. —Me silenció tocándome los labios—. No digas nada, entiendo todo lo que te pasa. Tengo la intuición de que has conocido a alguien, alguien con quien puedes pasear de la mano, con quien no te tienes que esconder.

—No he estado con nadie estos meses, ya te dije que te sigo queriendo y no te puedo olvidar.

—Lo sé, pero sé que te planteas que tienes que intentarlo con alguien que te conviene más que yo, ya te he dicho que lo comprendo, aunque me joda, pero tendré que superarlo.

—Parece que me estás empujando a que esté con otra persona —dije molesta.

—No, yo quisiera que estuviésemos juntos, pero te tengo que dejar volar. Puede que ahora me venga bien estar solo un tiempo.

Nos montamos en el coche, Jorge seleccionó una canción en el equipo de música antes de arrancarlo y la tarareó:

—«Y no me sonrojo si te digo que te quiero, y que me dejes o te deje, eso ya no me da miedo. Habrías sido, sin dudarlo, la más bella de entre todas las estrellas, que yo vi en el firmamento».

Rompimos a llorar y nos besamos. Entendí que era nuestro final, que se había cerrado un ciclo entre nosotros.

—Jorge, te quiero y eres el hombre a quien más he querido, eso no lo va a cambiar nada, ni nadie, por mucho tiempo que pase —me declaré.

—Mi amor para ti siempre será el más puro y profundo que he sentido nunca y para siempre. Además, ahora nos une un lazo más fuerte, Jon.

Nos besamos por última vez y volvimos a su casa a recoger mis cosas. Pero antes de irme Paula y Javi querían hablar con nosotros.

—Chicos, aunque sabemos que no estáis juntos, os tenemos que pedir un favor —dijo Javi.

—Cuando volvamos a Madrid, tenéis que ir al notario donde firmamos la hipoteca, hemos preparado un documento nombrándoos tutores de Jon en caso de que nos sucediera algo. Sé que suena raro, pero entendedme, tengo la experiencia de mis padres y quiero dejar todo atado —explicó Paula.

—Por mí no hay ningún problema, es un honor que penséis en mí —dijo Jorge.

—Por mí tampoco —dije.

Después me puse de camino a Madrid, ellos se quedaron un tiempo por allí para arreglar temas familiares y pasar unos días juntos. En el camino le di vueltas a todo. La muerte, la vida. Dos caras de una moneda. El amor y el desamor. Pero Jorge no me había dejado de amar, solo se daba por vencido. Me daba carta blanca a iniciar otra relación. Era una locura desinteresada, como es él.

Pasé unos días rara, melancólica, taciturna. O sea, una versión más negra aún de mi carácter. Pero Jorge y yo normalizamos nuestra relación mediante WhatsApp. Hablábamos a menudo como amigos, nos preguntábamos por cosas cotidianas, me mandaba fotos de nuestro sobrino y sin atisbo de relación amorosa entre nosotros, pero sí de cariño. Hasta me preguntó por mis vacaciones.

—¿Qué haces este verano?

—Me había pedido las vacaciones en septiembre como el año pasado para hacer un viaje juntos. Y ahora en julio tengo una semana y me han invitado a Valencia a pasar unos días.

—Genial, yo vuelvo ya a Madrid, tengo que terminar las cosas de la casa, lo he dejado todo a medias. Me están arreglando la piscina y he cancelado los compromisos de este verano.

—Jorge, no me preguntas con quién me voy.

—No quiero ser indiscreto, pero si me lo quieres contar soy todo oídos.

—Es un compañero de la beca de Dublín. Es solo un amigo.

—Ya...

—No seas así, no pasó nada en Dublín, bueno sí, me tiró los tejos, pero lo zanjamos y lo dejamos en una amistad. Ya te dije que en mi cabeza solo estabas tú.

—Supongo que es médico también, bueno a mí qué me importa, pásatelo bien, desconecta y cuando vuelvas de Valencia dame un toque por si quieres ver cómo ha quedado la casa y quedamos para firmar lo del notario —dijo muy seco.

—Jorge, cuídate. No hagas tonterías.

—Leo, llámame para lo que necesites, yo siempre estaré ahí.

—Lo sé. Mil besos para todos y mil mordisquitos para Jon... Cuánto te envidio...

—Un beso enorme para ti. Pese a todo sabes que te sigo queriendo, ¿no? Ah, y ya tengo una idea para el tatuaje

—¿Tatuaje?

—A la vuelta te lo cuento... —dijo misterioso.

Capítulo 25: Cuando los naranjos no florecen

Tras muchos días de incertidumbre y muchas conversaciones de WhatsApp y telefónicas con Rafa tratándome de convencer, finalmente decidí ir a Valencia a visitarlo. Me daba miedo que pensara que mi visita tuviera otro significado, no estaba preparada aún para tener una relación con otro hombre, así que lo primero que hice fue dejárselo claro.

—Al final voy a ir a visitarte. Voy a probar el AVE y reservaré un hotel o un apartamento.

—¡Qué bien! Pero te quedas en mi casa, hay sitio de sobra.

—Rafa, no quiero que pienses que mi visita significa otra cosa que visitar a un amigo.

—Venga, Leo, ya me lo dejaste claro en Dublín. Solo amigos.

—Me alegro de que lo tengas claro, lo de... mi ex, es aún muy reciente y aún tengo sentimientos hacia él.

—Tranquila, tú ven, lo vamos a pasar genial, voy a pedir días libres para hacerte de guía y ya sabes que soy buen compañero de piso.

Eso es, mejor dejar las cosas claras, y la verdad es que me apetecía cambiar de aire, en Madrid estaba sola, mis padres de vacaciones, Paula con su nueva familia en Granada, Jorge incluido. Los recuerdos en casa pesaban demasiado, había momentos en los que creí que me iba a volver loca, todo en el piso me recordaba a él, hasta los cojines tenían su olor. Me di cuenta de que giraba la cucharilla en el café de izquierda a derecha como él lo hacía y hasta me comía esas galletas con chocolate en el centro que antes me horrorizaban.

Me armé de valor y me fui a Valencia, tenía que desconectar y, por qué no, dejarme llevar un poco. Cuando llegué a la estación, Rafa estaba esperándome con un ramo de flores blancas.

—¡Qué bonitas! ¿Es azahar?

—No, en julio el naranjo no florece. Vamos a casa para que te instales y descanses un poco.

Rafa vivía a las afueras, en un barrio residencial cerca del Hospital de la Fe. Era un piso en una urbanización cerrada con zonas comunes y piscina, aunque amplio solo tenía dos habitaciones y había preparado la de invitados para mí.

—Mi habitación tiene baño, así que tú puedes usar el del pasillo. Puedes dejar tus cosas en él. En el armario de la habitación te he hecho hueco, solo están los trajes que apenas uso.

—Muchas gracias. He traído pocas cosas, como es verano la ropa no ocupa mucho.

—Sí, se agradece el clima, en Dublín era horroroso. —Y mirándome añadió—: Y me alegra descubrir que tienes brazos y cuello.

Me instalé rápido y decidimos bajar a la piscina de la urbanización a tomar el sol y charlar un rato. Me puse un bañador, porque me da vergüenza llevar bikini cuando no conozco mucho a la gente, un *short* vaquero, una camiseta y mis sandalias de goma.

—Además tienes piernas —advirtió Rafa nada más verme.

—Sí, a ver si cojo color. Con eso de perderme la primavera madrileña y las últimas guardias, estoy a punto de convertirme de la familia Cullen.

—¿Quién son esos? ¿Una enfermedad de la piel?

—No has visto *Crepúsculo*, ¿verdad?

—Me ha pillado un poco mayor para eso...

Nos dimos un par de baños y repasamos nuestras penas y glorias hospitalarias. Durante la charla, Rafa me repasó a mí también, me hizo un TAC y un reconocimiento completo. Este tipo de cosas me incomodan, me hacen sentir violenta. No es que yo no mire a un hombre cuando me gusta, pero al menos trato de disimularlo. No recordaba que Jorge me mirara así antes de ser pareja, ni siquiera el día del baño helado en Barcelona.

Después subimos a ducharnos y nos fuimos a cenar fuera. Rafa se arregló bastante para ser una cena informal, me pareció un *look* muy clásico para su edad, yo fui fiel a mi estilo informal con una falda *midi* de flores y un top sencillo con unas sandalias planas. Rafa se mostraba muy esplendido y en palabras llanas, un poco flipado, «vamos a ir a este restaurante, es de comida fusión, ha ganado varios premios, bla, bla, bla». Como diría mi madre, de «plato grande y comida pequeña».

La verdad es que el restaurante estaba muy bien decorado, con buen ambiente y la cena me sorprendió gratamente. Durante la velada, la charla se desvió más al plano personal, sobre su vida, su ex, su familia y, por supuesto, sobre Jorge, aunque él aún desconocía su identidad. Le puse al día del fin definitivo, pero que manteníamos la amistad y que teníamos un sobrino común.

—Hombre, familia realmente no sois.

—Ya, solo es el hermano de mi cuñado.

—Y Paula tampoco es tu hermana —dijo Rafa fríamente y eso me molesto demasiado.

—De sangre no, pero es mi hermana. Nosotras lo sentimos así, a lo mejor nos queremos más y mejor que otras hermanas.

—No te ofendas.

Pues sí, me sentó fatal el comentario. Recordé cuando le conté la naturaleza de mi relación con Paula a Jorge y que él lo entendió a la primera. Recordé como se refería a ella como «tu hermana» y como se emocionó cuando vio la tira del fotomatón en mi cartera.

Al terminar la cena, Rafa insistió en invitar, haciendo alarde de su caballerosidad anticuada y nos fuimos dando un paseo a su piso. Durante el paseo, me agarró la mano y, aunque me sorprendió mucho, no se la negué. Cuando llegamos al piso, insistió en tomar la última copa en su terraza. Preparó dos copas con Agua de Valencia y nos sentamos en los sillones. Repasamos el plan para el día siguiente y, como había que madrugar, me excusé para acostarme. Rafa se incorporó conmigo, me cogió de la cintura y me besó. Sin ser brusca, le aparté las manos y no le devolví el beso.

—Lo siento, no me lo esperaba. Ya te he dicho que necesito más tiempo.

—Perdona, estás tan guapa. He pensado mucho en ti este tiempo, ya sabes que me gustas... —Lo interrumpí recordándole que solo éramos amigos y no hablamos más. Me fui a dormir a mi habitación porque estaba agotada y escribí a Paula desde la cama.

Leo: Ya estoy en Valencia con Rafa. El día no ha estado mal, pero ahora me acaba de besar.

Paula: ¿Os habéis liado?

Leo: No, solo ha sido un beso, no se lo he devuelto. No estoy preparada y la verdad no me apetecía.

Paula: Déjaselo claro.

Leo: Lo he hecho. Es majo y se está portando muy bien conmigo, pero ya sabes cómo soy cuando algo no me apetece. La diplomacia no es lo mío.

Paula: De eso no tengo duda.

Leo: ¿Qué tal está Jon?

Paula: Jon es un mamón. Ya sabes, lactancia a demanda.

Leo: ¿Y Jorge?

Paula: Se ha ido hoy a Madrid. Ha estado todos los días con el niño, está loco con él. Dice que ha llenado el hueco del abuelo, pero yo creo que también ha llenado el tuyo.

Leo: Os quiero mucho. Volved pronto a Madrid.

Paula: Nosotros también, estoy deseando verte.

A la mañana siguiente, nos levantamos pronto dado que teníamos preparada una excursión a la Albufera. Mientras Rafa preparaba el desayuno, yo aproveché para darme una ducha rápida, pero, cuando llegué a la cocina, sorprendí a Rafa con mi móvil en sus manos.

—¿Qué haces con mi móvil? —dije arrancándoselo de las manos.

—Perdona, me he confundido con el mío.

—¿También tienes una carcasa de Campanilla?

—Discúlpame, no lo hice con mala intención. Es que estaba sonando y como estabas en la ducha era para decirte quién te ha llamado.

—Ya lo miro yo, no me gusta que invadan mi intimidad. Cotillear el móvil de otra persona está muy mal.

—De nuevo, perdona.

Aunque parecía realmente arrepentido, me resultó inapropiada su actitud. Revisé el móvil malhumorada y comprobé que seguía bloqueado y que tenía una llamada de mi madre y varios mensajes de Jorge avisándome de que ya estaba en Madrid. Devolví la llamada a mi madre que quería saber cómo estaba y contesté a Jorge, explicándole que estaba en Valencia y que nos veríamos a la vuelta para firmar en el notario.

Nos fuimos a la Albufera, yo con mala cara por lo sucedido y Rafa intentando ganarse mi perdón durante el viaje. Al final, como no soy rencorosa, se me pasó. Pasamos un buen día y nos comimos una paella espectacular, y la verdad es que, cuando tengo el estómago lleno, estoy de mejor humor. Rafa me prometió llevarme a un local de moda esa noche y, para qué negarlo, me seducía mucho el plan, pues con Jorge no podía hacer ese tipo de cosas.

Esa noche me vine arriba de la emoción por salir de fiesta y me puse un mono negro con espalda abierta y unas sandalias altas. Me ondulé mi larga melena, la recogí a un lado y me pinté los labios rojos. Cuando estaba maquillándome me acordé de Jorge pintando el corazón en la ventana y me dio un poco de bajón.

Rafa me esperaba en el salón y, cuando me vio, de nuevo me hizo un escáner corporal completo y también una mamografía. Esas miradas me hacen sentir desnuda y arrepentirme de haberme arreglado.

La noche fue mejor de lo que esperaba, cenamos ligero en un japonés y fuimos al local. Era cierto que estaba de moda porque estaba a rebosar de treintañeros de clase media-alta, un poco pijos, pero tenía buena música. Los cócteles estaban de espanto y debería estar prohibido que te pongan nubes y gominolas de corazón para acompañar las copas.

Tomamos un par, charlamos e incluso bailamos. Nos reímos mucho y estuvimos menos encorsetados. Es el típico local para la primera hora, así que sobre la una de la mañana la gente se traslada a otras discotecas. Nosotros nos fuimos a casa porque estábamos cansados por la excursión y queríamos ir a la playa al día siguiente.

Al llegar al piso, Rafa me rodeó la cintura y me besó de nuevo, se lo devolví, pero sin poner muchas ganas. Rafa se debió confiar y volvió al ataque metiéndome la lengua hasta la campanilla mientras hábilmente colaba sus manos entre mi mono, sabedor por el escáner de que no llevaba sujetador. Lo aparté rápido antes de que fuera a más, porque no me seducía nada acostarme con él, consciente de que no me había excitado lo más mínimo ni su beso, ni su olor ni su tacto.

—Lo siento, no puedo. Vamos, que no quiero —le dije firmemente.

—Joder, tía. Déjate llevar, no seas estrecha.

—Odio esa palabra. Cada uno tiene sus ritmos.

—Claro, lo que pasa es que no te quitas al puto cantarín de la cabeza —dijo rebosando de rabia.

—¡¿De qué vas?! —dije muy enfadada, casi gritando.

—Creo que, si sigues haciéndole caso y metiéndote en su cama cuando él te silba, nunca vas a rehacer tu vida.

—¡Yo me meto en la cama con quien me da la gana y cuando me da la gana! —le grité.

—¿Y a qué creías que venías aquí?

—Creía que venía a estar con un amigo, no pensaba que tuviera que pagar el alojamiento a polvos. El objetivo era conocernos más y vaya, creo que me ha quedado claro cómo eres y qué se esconde tras esa careta.

—Me he explicado mal, me has malinterpretado. —Intentó rectificar, bajando el tono de la conversación.

—No, te he entendido perfectamente. Voy a recoger mis cosas.

—Leo, no te vayas así, en mitad de la noche. Pásala aquí, mañana hablamos...

—No hay nada más que hablar, me voy.

—No has traído el coche, son casi las dos de la mañana. Me ha quedado todo claro, espera al menos a que se haga de día.

—Espero que no intentes acosarme en la habitación.

Tras decir eso, me metí en la habitación, di un portazo y empecé a temblar. Siempre me pasa, le echo valor y ovarios y después me da el bajón tras soltar toda la adrenalina. Llamé a Paula para tranquilizarme y le conté todo hablando bajito.

—Tienes que salir de ahí ¡ya! —dijo asustada.

—Son las dos de la mañana, voy a hacer la maleta, me cambio y en cuanto amanezca me voy a la estación.

—¿No le dará por entrar y hacerte algo?

—Creo que no será capaz, pero tampoco voy a dormir así que haré guardia.

—Joder, Leo, mándame la puta ubicación y ten el móvil en la mano y mándame un mensaje cada media hora diciendo *OK*, yo estoy acostumbrada a no dormir.

—No, intenta descansar, estoy bien. Solo estaba un poco nerviosa y por eso te he llamado. Pero no me va a hacer nada.

Al colgar, mandé mi ubicación a Paula, me puse ropa cómoda y unas zapatillas por si tenía que salir danzando. Hice la maleta y sigilosamente fui al baño a desmaquillarme y coger mis cosas de aseo, la puerta de Rafa estaba cerrada. Volví a la habitación, cerré la puerta y puse la maleta y una silla detrás. Me recosté en la cama con el móvil en la mano y puse mi cuerpo y mi mente en modo alerta como en las noches de guardia, no me era difícil. Saqué el Kindle del bolso y me puse a leer para hacer que pasara el tiempo.

Era poco más de las seis de la mañana cuando mi móvil empezó a vibrar, era Jorge, qué rara casualidad.

—Hola, qué pasa —disimulé.

—Te dije que si me necesitabas ahí estaría, te espero abajo, ya conoces mi coche.

Agarré la maleta y salí rauda de la habitación, hice ruido, mucho ruido y Rafa salió de su habitación.

—Leo, ¿dónde vas? Recapacita, déjame arreglarlo, he sido un gilipollas.

—Me voy, ya te lo dije. Hubiera sido mejor reservar un hotel o un apartamento en Airbnb. Ante algunos errores no hay dos oportunidades.

Cerré la puerta de un portazo. Como era lógico, no me siguió. Al llegar al portal, vi a Jorge apoyado en su coche, con los brazos cruzados, llevaba un pantalón que se pone para estar en casa, una camiseta roída de Queen y las playeras de salir a correr, pero estaba tan guapo. Nada más verme, me sonrió y yo a él. Sin hablar metimos la maleta en el coche y nos montamos. Lo miré fijamente, casi llorando, y le dije:

—Y ahora...

—Estamos en Valencia, vamos a la playa, habrá que darse un baño, ¿no?

—Espero que no esté tan fría como la noche de Barcelona.

Condujo hasta la zona de playa, nos quitamos la ropa y corrimos al mar en ropa interior. Cuando nos estábamos bañando, nos dio la risa nerviosa.

—Estás loco y no pregunto, afirmo.

—Ya sabes que lo de bañarse de noche en ropa interior es una tradición.

—¿Y ahora? —Volví a preguntar.

—Habrá que secarse y dormir un poco antes de volver a Madrid.

Salimos del agua, corrimos al coche, solo tenía una toalla en la maleta y la compartimos, nos abrazamos y nos rodeamos con ella. En cuanto nuestro cuerpo estuvo en contacto el uno con el otro, nuestra piel reaccionó, física o química, o las dos cosas, y nos besamos. No hacían falta las palabras.

Pasamos la noche en un hotel de carretera, hicimos el amor y dormimos como dos bebés. No recuerdo qué hora era ni qué día cuando me desperté, lo hice yo primero y lo miré dormir, tan relajado, era mi refugio. Me di cuenta de que el ciego no era Jorge por no ver nuestras diferencias, sino yo por no ver nuestras semejanzas. Y no es que yo me hubiera vuelto dependiente de él, no creo en princesas que necesitan ser rescatadas del ogro, soy más una *khaleesi* en *Juego de Tronos* y tampoco era codependencia. Comprendí que nos completábamos el uno al otro, éramos como la herida y la tirita, la vacuna y el virus.

Entonces Jorge despertó, me miró y me atrajo a él para besarme.

—¿Todo bien, Doc?

—Sí, sí, pero ¿y ahora?

—Ahora, decidimos si pasar el resto de días por aquí o volvemos a Madrid.

—Ya, pero ¿y después?

—Después tienes muchos muebles suecos que montar.

Finalmente aprendí que no es imposible la cuadratura del círculo. Que nosotros podíamos ser la excepción de la regla. Que no había que hacer tantas preguntas, sino afirmar.

Epílogo

Efectivamente me trasladé a la casa de Jorge, mi nueva casa, aunque los primeros días solo teníamos un colchón en el suelo. Poco a poco fuimos comprando muebles y diseñando y decorando los espacios entre los dos. Efectivamente, se me da bien montar muebles suecos con nombres imposibles y con los que Jorge siempre saca rima.

Siempre cuenta que no compró la cama por superstición y por eso dormía en el sillón destartalado. No quería estrenar una cama si no era conmigo, eso supondría perder ya todas las posibilidades de que volviéramos.

La casa ha quedado muy bonita, sencilla, llena de espacios abiertos para recibir amigos y familia. Su piano está en medio del salón presidiendo con orgullo la estancia. El estudio es una maravilla, la mayoría ocupado por instrumentos, mesa de mezclas y todo lo necesario para poder grabar. Al lado contrario, pero también el más luminoso del estudio, está la mesa de arquitecto donde yo me preparo cursos o docencias y en el centro de la sala hay un sillón donde yo le escucho componer y donde acabamos haciendo el amor la mayoría de las veces.

Nos empezamos a dejar ver por lugares públicos, cuanto más nos exponíamos, menos importancia le daban y más nos ignoraban, ya no era noticia. Lo acompaño a galas, premios y eventos, aunque lo cierto es que Jorge no es muy asiduo a este tipo de cosas, él no quiere ser famoso por su persona, sino por su música, al igual que tampoco se prodiga mucho en redes sociales y rechaza la mayoría de las ofertas publicitarias. Efectivamente, siendo de otro modo ganaría más dinero, pero se conforma con lo justo, con vivir de su música.

Yo seguí trabajando en mi hospital, hasta que aprobé mi plaza en otro. Aunque mis compañeros se sorprendieron de mi relación con Jorge, nunca le dieron excesiva importancia, me valoraban como médica y nunca tuve ningún *paparazzi* en la puerta. Los pacientes rara vez me reconocen, salvo algún fan acérrimo de Jorge.

En el estudio tenemos una pizarra y un mapamundi de corcho. En el mapa pinchamos banderitas de los lugares en los que hemos estado y alfileres en los que tenemos pensado ir. En la pizarra anotamos los planes futuros, en una columna los míos y en otra los de Jorge y los unimos con flechas cuando son iguales o parecidos.

Una de las cosas pendientes era el tatuaje. No nos poníamos de acuerdo. Teníamos dos ideas así que nos hicimos ambos, los tenemos en lugares ocultos que no se ven a simple vista. El primero son las líneas de un electro, sí, es el primer electro que yo le hice a Jorge el día que nos conocimos y el otro tatuaje es una frase, ya os imagináis, la digo mucho y se la he contagiado a toda la familia, «y no pregunto, afirmo».

Otro de mis planes y que Jorge aceptó de buen grado era colaborar como médica en alguna ONG y al fin lo conseguí. Pedí una excedencia de cuatro meses y nos fuimos a la India. Durante un mes recorrimos el país y los tres meses restantes estuvimos como voluntarios en la Fundación Vicente Ferrer. Jorge en el área de educación musical y yo en la parte sanitaria. Fue la experiencia más dura, pero más reconfortante de nuestra vida y nos unió aún más. Aprendimos a disfrutar de la vida y valorar todo lo que teníamos.

Un tiempo más tarde, quisimos repetir la experiencia, además de aprovechar la parte mediática de Jorge para ayudar a recaudar fondos. Cambiamos de ONG y nos fuimos a Kenia con Médicos Sin Fronteras. Aun tomando todas las precauciones, cuando llevábamos un mes, enfermé e inicié un proceso de diarreas muy intensas. Tenía cólera y tuvimos que volver a España para tratarme. No fue grave, solo precisé antibióticos, reposo, suplementos y tuve que dejar de tomar anticonceptivos.

Una vez recuperada, un día que estábamos en el estudio, Jorge se acercó a la pizarra. Cogió el rotulador y subrayó algo en ella. Me acerqué para ver qué hacía y me rodeó con sus brazos. Yo cogí el rotulador y uní con una flecha su plan con el mío.

—Igual el destino nos ha dicho que es el momento —me dijo, besándome.

—Yo también lo creo.

Evidentemente, unimos con una flecha ser padre con ser madre y un año después nació Mar, nuestra primera hija.

A día de hoy, he perdido la cuenta de las veces que Jorge me ha pedido que me case con él, de las maneras más originales y creativas que se le ocurren, pero yo siempre le explico que no necesito estar casada con él para amarlo infinitamente.

Paula y Javi siguen juntos, se casaron cuando Jon tenía un año. Mi padre fue el padrino, la madrina fue la madre del novio y nosotros los testigos. Fue la boda más bonita en la que he estado, muy familiar, sin caras famosas salvo los que realmente son amigos además de artistas.

Ya han pasado cinco años desde que Jorge y yo nos conocimos, Mar tiene dos años, es domingo y estamos en el jardín. Mientras la pequeña me peina y me pone pinzas en el pelo como si fuera una muñeca, Jorge riega las plantas y está emocionado porque ha conseguido tener tulipanes este año.

—Mamá, por qué no tienes una foto de princesa como la tía Paula —dice Mar con su media lengua.

Evidentemente, se refiere a la foto de boda que hay en el salón y en la que estamos los cuatro brindando. Jorge deja de regar, se acerca a nosotras y pone atención a la conversación para ver qué contesto.

—Cielo, mamá también está vestida de princesa en esa foto, solo que la tía tiene un vestido blanco y el de mamá es malva.

—Sabes, hija —interviene Jorge—. Papá también quiere que mamá se vuelva a vestir de princesa, se lo ha pedido muchas veces, podrías ayudarme a convencerla.

—Te voy a hacer una promesa, me casaré contigo cuando puedan ir mis dos hijos a la boda.

—¿Dos?

—El predictor se ha pintado de rosa en el cuarto de baño —le digo, riéndome a carcajadas.

Jorge sale corriendo dentro de casa y viene dando brincos con la prueba de embarazo en la mano. La otra, la que nos avisó de que Mar estaba en el horno la tiene guardada en una caja, dice que por superstición.

Nueve meses después, estoy dando a luz en mi hospital, con ayuda de Jorge y mis compañeros, también está Paula, embarazadísima de Luz, pero no se lo ha querido perder. Ha sido un parto fácil, como el anterior, y después de las visitas rápidas de la familia, nos han dejado solos en la habitación. Mar está recostada en mi cama, tocando los pies a Jaime, que está mamando sin consuelo, Jorge nos mira embelesado.

—Jorge, quiero pedirte una cosa.

—Dime, ¿te encuentras incómoda?, ¿te cojo un ratito a la niña?

—No, todo bien. Me gusta tenerlos a los dos a mi lado, no quiero que ella piense que pierde su espacio.

—Vale, genial, dime qué puedo hacer entonces.

—Quítame la pulsera de identificación del hospital, que no me voy a escapar, y póntela tú.

Jorge me quita la pulsera y mientras trata de ponérsela en su muñeca con cierta dificultad le digo:

—Te casas conmigo, y no pregunto, afirmo.

—Ja, ja, ja, esta vez me has ganado a original.

Y en susurros, Jorge empieza a cantar el trozo de una canción: «No sabéis lo importante que sois para mí, siempre soñé con estar aquí y hoy mis sueños se han hecho realidad. Mi vida cambió cuando te conocí por casualidad, mejoré, crecí y maduré junto a ti. Tuve miedo de perderte y eso me hizo débil. Aprendí que no debía atarte a mí, que debías volar libre. Pero el amor que nos tenemos nos unió, nos reunió, nos acunó...».

—Es para ti y los niños, aún es un borrador, tienes que ayudarme a terminarla... y no pregunto, afirmo.

Fin

Playlist para acompañar la lectura del libro

Capítulo 3 «El concierto»:

Pongamos que hablo de Madrid - Antonio Flores

Capítulo 4 «Una noche después del concierto»:

Y nos dieron las diez - Joaquín Sabina

Donna - Sergio Dalma y Andrés Dvicio

Shallow - Lady Gaga y Bradley Cooper

Capítulo 5 «Pronador o supinador»:

Todo se transforma - Jorge Drexler

Capítulo 7 «Sienta a un famoso en tu mesa»:

Te lo agradezco, pero no - Alejandro Sanz y Shakira

Capítulo 9 «Como una *groupie*»:

Mil calles llevan hacia ti - La Guardia

Capítulo 10 «Días de silencio y noches escandalosas»:

Silence - Marshmello and Khalid

Mediterráneo - Joan Manuel Serrat

Fotografía - Juanes y Nelly Furtado

Capítulo 11 «Lady Madrid»:

Lady Madrid - Pereza

Capítulo 14 «Mi nuevo inquilino»:

LN Granada - Supersubmarina

Capítulo 15 «El refugio»:

Tu refugio - Pablo Alborán

Antes de morirme - C. Tangana y Rosalía

Capítulo 17 «Premio doble»:

Breaking Bad - Leiva

Capítulo 18 «Ave Lucía»:

Ave Lucía - Sergio Dalma

Capítulo 20 «México Lindo»:

Como vivir sin aire - Maná

Limón y Sal - Julieta Venegas

Capítulo 21 «Choque de trenes»:

Guerra Mundial - Leiva

In my life - The Beatles

Quédate conmigo - Pastora Soler

El camino - Pablo López

Capítulo 22 «*Irish Adventure*»:

Nunca estoy - C. Tangana

Galway Girl - Ed Sheeran

Capítulo 23 «Nacer y renacer»:

With o without you - U2

DOSIS - Dvicio, Reik, ChocQuibTown

Capítulo 24 «Cuando la vida se escapa»:

El lado oscuro - Jarabe de Palo

Sinmigo - Mr. Kilombo y Rozalén

Capítulo 25 «Cuando los naranjos no florecen»:

Bajo la luz de la luna - Los Rebeldes

Epílogo:

Realidad o sueño - Jarabe de Palo

Si deseas escuchar la playlist del libro, escanea el siguiente código QR con tu dispositivo móvil y te redirigirá directamente a ella.

Agradecimientos

Gracias a ti que has elegido esta lectura y has llegado hasta aquí. Ser una autora autopublicada es un gran reto, a veces me he sentido perdida en este gran mundo, pero admito que es una experiencia increíble, sobre todo cuando alguien como tú me da la oportunidad.

A mis hijos, Leo y Sira, mis ratones, grandes aficionados a la lectura que viven con ilusión que mamá sea «escritora» y les encanta echar una mirada furtiva a lo que estoy escribiendo.

A mi marido, que ha sido mi «oyente 0» pues escuchó la historia completa en mi primera corrección.

A mi abuelo Paco, hace veinte años que se fue físicamente, pero yo sé que me acompaña en momentos especiales y me protege, pues yo aún «le siento».

A mis padres, mi hermana, familia, amigos, conocidos y todas las personas, que confiaron ciegamente en mí y leyeron mi primera novela *El amor tiene banda sonora*. Entre todos, con sus mensajes y comentarios, me han animado a seguir creando historias.

A las «urracas parlanchinas» algunas han sido lectoras 0, pero todas al completo me motivan a seguir escribiendo.

A Sebastián, por ayudarme en la búsqueda de la felicidad y hacer que confíe más en mí y en mis posibilidades.

A Alba Santos de Cea Correcciones por la corrección y los consejos para hacer brillar aún más esta historia.

A Óscar Moratilla por la ilustración y diseño de la portada, de nuevo ha acertado de pleno en lo que esta novela necesitaba, poniéndole una guinda excepcional.

A Andrés, Carlos, Virginia y otros autores autopublicados, que he conocido a través de las redes y con los que me he sentido arropada, recibiendo su ayuda y consejos de manera desinteresada.

Al sello Letras Eternas Ediciones y al grupo de Letras de Sangre al completo por todo el apoyo y colaboración. Ya somos una gran familia virtual.

"Seguiré persiguiendo mis sueños,

pues me hacen sentir despierta"

www.ingramcontent.com/pod-product-compliance
Lightning Source LLC
LaVergne TN
LVHW041155150826
845673LV00001B/162